少年探偵　15

サーカスの怪人

江戸川乱歩

もくじ

装丁・さし絵

藤田新策

少年探偵

サーカスの怪人

江戸川乱歩

骸骨紳士《がいこつしんし》

ある夕方、少年探偵団《しょうねんたんていだん》の名コンビ井上一郎君《いのうえいちろうくん》とノロちゃんとが、世田谷区《せたがやく》のさびしい屋敷町《やしきまち》を歩いていました。きょうは井上君のほうが、ノロちゃんのおうちへ遊《あそ》びにいったので、ノロちゃんが井上君を送《おく》っていくところです。

ノロちゃんというのは、野呂一平君《のろいっぺいくん》のあだ名です。ノロちゃんは団員《だんいん》のうちでいちばん、おくびょうものですが、ちゃめで、あいきょうもので、みんなにすかれています。

井上一郎君は、団員のうちでいちばんからだが大きく、力も強いのです。そのうえ、おとうさんが、もと拳闘選手《けんとうせんしゅ》だったので、ときどき拳闘をおしえてもらうことがあり、学校でも、井上君にかなうものは、ひとりもありません。その大きくて強い井上君と、小さくて弱いノロちゃんが、こんなに仲《なか》がよいのはふしぎなほどでした。

ふたりは、両側《りょうがわ》に長《なが》いコンクリート塀《べい》のつづいた、さびしい町を歩いていますと、ずっとむこうの町かどから、ひとりの紳士《しんし》があらわれ、こちらへ歩いてきました。ねずみ色のオーバーにねずみ色のソフトをかぶり、ステッキをついて、とことこと歩いてくるのです。

二少年は、その人のすがたを、遠くからひと目見たときに、なぜかゾーッと身《み》がちぢむような気がしました。むこうのほうから、つめたい風が吹《ふ》いてくるような感《かん》じで、からだが寒《さむ》くなってきたのです。

しかし、夕ぐれのことですから、その人の顔《かお》は、まだ、はっきり見えません。ふたりは、そのまま歩いていきました。紳士《しんし》と二少年のあいだは、だんだん近づいてきます。そして、十メートルほど近よったとき、やっと、紳士の恐《おそ》ろしい顔が見えたのです。

ノロちゃんが、「アッ！」と、小さい叫《さけ》び声《ごえ》をたてました。井上君《いのうえくん》は、それをとめようとして、グッとノロちゃんの腕《うで》をつかみました。

ああ、恐ろしい夢《ゆめ》でも見ているのではないでしょうか。その紳士の顔は、生きた人間ではなかったのです。まっ黒な目。はじめは黒めがねをかけているのかと思いましたが、そうではなかったのです。目はまっ黒な二つの穴《あな》だったのです。鼻《はな》も三角の穴です。そして、くちびるはなくて、長い上下の歯《は》が、ニュッとむきだしになっているのです。それは骸骨《がいこつ》の顔でした。骸骨が洋服《ようふく》を着《き》て、ソフトをかぶり、ステッキをついて、歩いてきたのです。

二少年は、夕ぐれどきのおばけに出あったのでしょうか。あれを見てはいけないと思いました。あの顔を見ていると、恐ろしいことがおこるような気がしました。ふたりは、コンクリート塀《べい》のほうをむいて立ちどまり、骸骨の顔を見ないようにしました。そして、はやく、いきすぎてくれればよいと、いのっていました。

ふたりのうしろを、いま、骸骨紳士《がいこつしんし》が歩いていくのです。こと、こと、と靴《くつ》の音がしています。その音が、ちょうど、ふたりのまうしろにきたとき、ぱったり聞こえなくなってしまいました。

骸骨紳士が立ちどまったのです。あのまっ黒な目で、ふたりのうしろすがたを、じろじろ見ているのではないでしょうか。

二少年は、そう思うと、恐《おそ》ろしさに息《いき》もとまるほどでした。井上君《いのうえくん》には、ノロちゃんのがくがくふるえているのが、よくわかります。

いまにも、うしろからつかみかかってくるのではないか、あの長い歯《は》で、食《く》いつかれるのではないか、そして、まっ暗《くら》な地の底《そこ》の地獄《じごく》へ、つれていかれるのではないかと思うと、生きたここちもありません。

しかし、なにごともおこらないですみました。やがてまた、ことり、ことりと、靴の音が聞こえはじめ、それが、だんだん遠ざかっていくのです。

その靴音《くつおと》が、ずっと遠くなってから、ふたりは、おずおずとふりむきました。そして、町のむこうを見ますと、骸骨紳士の歩いていくうしろすがたが、小さく見えています。

「ねえ、ノロちゃん、ぼくたちは少年探偵団員《しょうねんたんていだんいん》だよ。このまま逃《に》げだすわけにはいかない。あいつのあとをつけてみよう。おばけなんているはずがないよ。きっと、あやしいやつだ。

さあ、尾行《びこう》しよう。相手《あいて》に気づかれぬように、尾行するんだ。」

ノロちゃんは、こわくてしょうがありませんけれど、強い井上君《いのうえくん》といっしょなら、だいじょうぶだと思いました。それで、井上君のあとについて、骸骨紳士《がいこつしんし》を尾行しはじめたのです。

尾行のやりかたは、小林団長《こばやしだんちょう》から、よくおそわっていました。相手の二十メートルほどあとから、いつ相手がふりむいても見つからないように、電柱《でんちゅう》や、いろいろなもののかげに身《み》をかくして、こんきよくついていくのです。

骸骨紳士は、ぐるぐると町かどをまがりながら、どこまでも歩いていきます。あたりはもう暗《くら》くなってきました。だんだん、尾行がむずかしくなるのです。

そうして、一キロも尾行をつづけたのでしょうか。ふと見ると、むこうに大きなテントがはってあって、音楽の音が、にぎやかに聞こえてきました。サーカスです。ひじょうに大がかりなサーカスが、そこの広い空《あ》き地《ち》にかかっているのです。骸骨紳士は、そのサーカスの前へ近づいていきました。

おどろくほど、でっかいテントばりの横《よこ》には、なん台も大型《おおがた》バスがとまっています。ゾウやライオンやトラなどを入れるための、がんじょうな鉄《てつ》のおりのついた大トラックもならんでいました。大型バスは、サーカスの曲芸師《きょくげいし》たちが寝《ね》とまりをしたり、楽屋《がくや》につかったりしているのです。

大テントの正面《しょうめん》の上には、ビロードに金文字で「グランド・サーカス」と、ぬいとりをした幕《まく》がかかり、いろいろな曲芸《きょくげい》の絵をかいた看板《かんばん》が、ずらっとかけならべてあります。その下には馬がなん頭もつながれ、一方のかこいの中には、大きなゾウが、鼻《はな》をぶらんぶらんと動《うご》かしています。それらのありさまが、テントの天井《てんじょう》からつりさげた、いくつもの明るい電球《でんきゅう》で、あかあかと照《て》らされているのです。

昼間は、その前は黒山の人だかりなのでしょうが、日がくれたばかりのいまは、二、三十人の人がばらばらと、立ちどまっているばかりです。

骸骨紳士《がいこつしんし》は、人のいるところをさけて、大テントの横《よこ》のほうへ、とことこと歩いていきます。そして、そのすがたは、テントのかげに見えなくなりました。二少年は、見うしなってはたいへんと、そのまがり角まで走っていって、そっとのぞいてみましたが、ふしぎなことに、そこにはだれもいないのです。

大テントの横手《よこて》は、五十メートルもあるのですから、そのもうひとつむこうの角を、うしろのほうへまがるひまはなかったはずです。いくら走っても、そんな早わざができるはずはありません。テントの外側《そとがわ》は原っぱですが、そこにも人影《ひとかげ》がないのです。

骸骨紳士は、やっぱりばけものだったのでしょうか。ばけものの魔法《まほう》で、煙《けむり》のように消《き》えうせてしまったのでしょうか。

「わかった。あいつ、テントの下をくぐって、中へしのびこんだんだよ。そして、ぼくらをまいてしまったんだよ。」

ノロちゃんが、すばやく、そこに気がついて叫《さけ》びました。

「うん、そうかもしれない。ぼくらも、正面《しょうめん》の入り口から中へはいって、しらべてみよう。あんな恐《おそ》ろしい顔《かお》だから、すぐにわかるよ。」

井上君《いのうえくん》はそういって、もうサーカスの入り口のほうへ、かけだしていました。

客席《きゃくせき》の骸骨《がいこつ》

ちょうどそのころ、サーカスの中では、まん中の丸い土間《どま》で、はなやかな曲馬《きょくば》がおこなわれていました。テントの外につないであった七頭の馬が、美しい女の子を乗《の》せて、ぐるぐると回っているのです。金糸銀糸《きんしぎんし》のぬいとりのあるシャツを着《き》た女の子たちは、馬の上で、いろいろな曲芸《きょくげい》をやってみせています。

ふつうのサーカスの三倍《ばい》もあるような、広いテントの中は、むし暑《あつ》いほどの満員《まんいん》の見物《けんぶつ》でした。見物席《けんぶつせき》は板《いた》をはった上にござをしいて、見物はその上にすわっているのですが、正面《しょうめん》の見物席《けんぶつせき》のうしろの一段《だん》高くなったところに、幕《まく》でかこった特別席《とくべつせき》が、ずっとならんでいます。ひとつのしきりに、六人ずつかけられるようになっていて、そういうしきりが、十いくつもならんでいるのです。

その特別席の前には、すわっている見物の頭が、ずっと、まん中の演技場《えんぎじょう》まで、いっぱいならんでいるのです。特別席の中ほどのすぐ前のところに、おとうさんとおかあさんにつれられた、ひとりの小学生がすわっていました。五年生か六年生ぐらいの少年です。

その少年が、ふと、うしろをふりむきました。見物はみんな演技場のほうを、むちゅうになって見つめているのに、この少年だけが、なぜか、ひょいとうしろを見たのです。

天井《てんじょう》も、左右も、幕でしきられた箱《はこ》のような特別席が、ずっとならんでいます。どの席にも五、六人の男や女の顔《かお》がかさなりあっていましたが、まん中へんの、ひとつのしきりには、まるで歯《は》のぬけたように、がらんとして、だれもいないのです。そこだけ、へんにうす暗《ぐら》くて、ほら穴《あな》の入り口のような感《かん》じなのです。

そのからっぽの席へ目がいったとき、少年は、なぜかゾーッとしました。うす暗いしきりの中に、ボーッと白いものが浮《う》きあがって見えたからです。

それは大きな黒めがねをかけた人間の顔のようでしたが、すぐに、そうでないことがわかりました。黒めがねではなくて、二つの黒い穴なのです。鼻《はな》のあるところも、三角の穴になっていました。そして、その下に、白い歯《は》がむき出しています。……骸骨《がいこつ》です。骸骨の顔《かお》だけが、宙《ちゅう》に浮《う》いていたのです。

少年はギョッとして、そのまま、正面《しょうめん》にむきなおりました。そして、サーカスの見物席《けんぶつせき》に骸骨がいるはずはない、きっと、ぼくの目がどうかしていたのだ。と、自分にいい聞かせましたが、もう曲馬《きょくば》など目にはいりません。やっぱりもう一度《ど》、うしろを見ないではいられなかったのです。

こわいのをがまんして、ヒョイとふりむきますと、やっぱりそこには、骸骨の顔が浮いていました。いや、よく見ると浮いているのではなくて、骸骨がソフトをかぶって、オーバーを着《き》てこしかけているのです。ソフトやオーバーがねずみ色なので、ちょっと見たのではわからなかったのです。顔だけが宙に浮いているように見えたのです。

なんど見なおしても、骸骨にちがいないので、少年はとうとう、となりのおとうさんのからだをゆすぶって、

「おとうさん、うしろに、へんなものがいる！」

とささやき、そのほうを指《ゆび》さしてみせました。

おとうさんは、びっくりして、うしろをふりむきました。それに気づくと、おかあさんもふりむきました。だれの目にも、それは骸骨としか見えないのです。

「アラッ！」

おかあさんが、びっくりして、思わずかん高い声をたてました。

すると、その近くにいた見物《けんぶつ》の人たちが、みんな、うしろをふりむいたのです。そして、オーバーを着《き》た骸骨《がいこつ》を見たのです。

見物席《けんぶつせき》いったいが、にわかにざわめきはじめました。大テントの中の千人以上《いじょう》の見物の顔《かお》が、全部《ぜんぶ》うしろをむいたのです。そして、特別席《とくべつせき》のあやしいものを見つめました。もうだれひとり曲馬《きょくば》など見ている人はありません。

そのとき、まん中の丸い演技場《えんぎじょう》のはじのほうを、数人の人が走ってきました。さきに立っているのは井上少年《いのうえしょうねん》とノロちゃんです。そのあとからサーカスのかかりの人が三人、走ってくるのです。井上君《いのうえくん》は骸骨のいる特別席を指《ゆび》さして、「あすこだ、あすこだ」と、おしえています。

そのさわぎに、演技場をぐるぐる回っていた七頭の馬も、ぴったりとまってしまいました。それらの馬の背中《せなか》で、曲芸《きょくげい》をやっていた少女たちも、いっせいに特別席のほうを見つめています。

大テントの中の全部の人の顔という顔が、特別席を見つめたのです。

特別席の骸骨紳士《がいこつしんし》は、何千の目に見つめられても、べつに、あわてるようすはありません。彼《かれ》は、しずかにイスから立ちあがりました。そして、ズーッと特別席《とくべつせき》の前のほうへ、出てきたのです。恐《おそ》ろしい骸骨《がいこつ》の顔《かお》が、電灯《でんとう》の光をうけて、くっきりと浮《う》きあがりました。

それを見つめている千の顔は、まるで映画《えいが》の回転《かいてん》が、とつぜんとまってしまったように、すこしも動《うご》きません。声をたてるものもありません。大テントの中は、一瞬《いっしゅん》、死《し》んだように、しずまりかえったのです。

骸骨紳士《がいこつしんし》は、特別席のしきりの前にあるてすりにもたれて、ぶきみな白い顔を、ヌーッと見物《けんぶつ》たちのほうへつきだしました。そして、にやりと笑《わら》ったのです。くちびるのない歯《は》ばかりが、みょうな形《かたち》にひらいて、ゾッとするような笑いかたをしたのです。

見物席《けんぶつせき》のあちこちに、「キャーッ!」というひめいがおこりました。息《いき》をころして怪物《かいぶつ》を見つめていた見物席が、稲《いね》の穂《ほ》が風に吹《ふ》かれるように、波《なみ》だちはじめました。みんなが席を立って逃《に》げだそうとしたからです。

そのとき、井上君《いのうえくん》とノロちゃんをさきに立てたサーカスの男の人たちは、見物のあいだをかきわけて、骸骨紳士の席へ近づいていました。そのあとからは、べつのサーカスの人たちが、ふたりの警官《けいかん》といっしょにかけつけてきます。

「ウヘヘヘヘ……。」

なんともいえないいきみの悪《わる》い笑《わら》い声《ごえ》が、大テントの中にひびきわたりました。骸骨紳士《がいこつしんし》がみんなをあざけるように、大笑《おおわら》いをしたのです。そして、サーッと特別席《とくべつせき》のおくのほうへ、身《み》をかくしました。

そのしきりのうしろにも、幕《まく》がさがっています。そこから、外へ逃《に》げだすつもりでしょう。

「アッ、逃げたぞッ。みんな、うしろへまわれッ！」

だれかが叫《さけ》びました。サーカスの男たちは、特別席のはじをまわって、そのうしろへ走っていきます。

鏡《かがみ》の前に

骸骨紳士《がいこつしんし》は、前とうしろからとりかこまれ、どこにも逃《に》げ場所《ばしょ》はなかったのに、こんどこそ、煙《けむり》のように消《き》えうせてしまいました。

彼《かれ》のあらわれた席の両方《りょうほう》にならんでいる特別席には、おおぜいの見物《けんぶつ》がこしかけていたのですから、そのほうへ逃げることはできません。前には千の目がにらんでいて、こちらもだめです。残《のこ》るのはうしろだけです。しきりの幕をくぐって、特別席の外へ逃げるほかはないのです。

しかしそちらには、サーカスの人たちがかけつけていました。また、特別席《とくべつせき》の横《よこ》のほうにはすわる席があって、そこからは、特別席のうしろがよく見えるのですから、骸骨紳士《がいこつしんし》が幕《まく》をくぐって逃《に》げだせば、すぐにわかるはずです。ところが、その見物《けんぶつ》たちは、なにも見なかったというのです。サーカスの人たちも、特別席のうしろをくまなくさがしましたが、なにも発見《はっけん》できませんでした。

そのころには、大テントの外にも、サーカスの人たちが、さきまわりをしていました。テントの下をくぐって逃げだすかもしれないと思ったからです。しかし、骸骨紳士は、そこへもあらわれません。まったく、影《かげ》も形《かたち》もなくなってしまったのです。怪物《かいぶつ》は、吹《ふ》きけすように消《き》えうせたのです。

このさわぎで、見物人《けんぶつにん》の半分ぐらいは帰ってしまいましたが、勇敢《ゆうかん》な見物人が残《のこ》っていて、よびものの空中曲芸《くうちゅうきょくげい》を見せろと、やかましくいいますので、演技《えんぎ》をつづけることになりました。

そのとき、木下《きのした》ハルミという美しい女性《じょせい》の曲芸師《きょくげいし》が、大テントを出て、楽屋《がくや》につかっている大型《おおがた》バスのほうへいそいでいました。木下ハルミは、空中サーカスの女王といわれている、この一座《いちざ》の花形《はながた》ですが、空中曲芸をつづけることになったので、わすれものをとりにいくために、テントを出たのです。

大テントのそばの空《あ》き地《ち》には、車体の横《よこ》に「グランド・サーカス」と書いた大型《おおがた》バスが、いく台もとまっています。木下《きのした》ハルミは、その一つに近づくと、バスのうしろにおいてある三段《だん》ほどの踏《ふ》み段《だん》をかけあがって、そこのドアをひらきました。曲芸師《きょくげいし》たちは、さっきのさわぎでみんな大テントのほうへいっているので、バスの中にはだれもいないはずです。

だれもいないと思って、サッとドアをひらいたのです。ところが、そこには、うす暗《ぐら》い電灯《でんとう》の下に、ねずみ色の服《ふく》を着《き》て、同じ色のソフトをかぶったままの男がこしかけていました。このバスは女ばかりの楽屋《がくや》につかっているのですから、そこに男がいるなんて、思いもよらないことでした。ハルミさんは、ハッとしてその男を見つめました。

バスの中には、両側《りょうがわ》に、ずっと棚《たな》のようなものがとりつけてあって、その上に化粧《けしょう》をするための鏡《かがみ》がならべてあるのです。男は、その鏡の一つの前にこしかけて、自分の顔《かお》を鏡にうつしていました。ですから、こちらからは横顔《よこがお》しか見えないのですが、なんだか、いやなきみの悪《わる》い感《かん》じです。

「あら、そこにいるのは、だれ？」

ハルミさんが、とがめるようにいいますと、男がヒョイとこちらをむきました。

ああ、その顔！　目のあるところが、まっ黒な大きな穴《あな》になっていて、鼻《はな》も三角の黒い穴、その下に上下の歯《は》がむきだしている。あいつです。さっき特別席《とくべつせき》から消《き》えた骸骨紳士《がいこつしんし》

が、こんな所《ところ》にかくれていたのです。ハルミさんは、「キャーッ！」と叫《さけ》んで、踏《ふ》み段《だん》をとびおり、大テントのほうへかけだしました。

消《き》えうせた怪人《かいじん》

ハルミさんがかけだしますと、骸骨紳士《がいこつしんし》が、バスの中からヌーッとあらわれて、踏み段をおり、ハルミさんのあとを追《お》って、大またに歩いてくるのです。

ハルミさんは、うしろを見ないで走っているので、すこしも気がつきません。

骸骨紳士の足は、だんだん速《はや》くなり、しまいには、宙《ちゅう》に浮《う》くように足音をたてないで走りだしました。そして、ハルミさんのすぐうしろまで追いついて、いまにも、長い手をのばして、ハルミさんの肩《かた》をつかみそうになったではありませんか。

もしハルミさんがうしろをふりむいたら、あまりの恐《おそ》ろしさに、気をうしなってしまったかもしれません。それほど、骸骨紳士は、ハルミさんにくっつくようにして走っているのです。でも、なぜか、ハルミさんをとらえようとはしません。ただ、くっついているばかりです。

さいわい、ハルミさんは、一度《ど》もうしろを見ないで、大テントの裏《うら》にたどりつき、そのまま中へかけこみました。

「助《たす》けてえ……、骸骨《がいこつ》が……骸骨が……」

大テントの裏口《うらぐち》をはいると、幕《まく》でしきった通路《つうろ》になっていて、いろいろな曲芸《きょくげい》の道具《どうぐ》がならべてあります。そこに立っていた道具係《どうぐがか》りの木村《きむら》という男が、ハルミさんをだきとめるようにして、

「アッ、びっくりするじゃありませんか。いったいどうしたっていうんです。」

と叫《さけ》びました。

「あら、木村さん、バスの中に、あの骸骨がいたのよ。追《お》っかけてきやしない？　ちょっと、外をのぞいてみて。」

「エッ？　あいつがバスの中にかくれていたんですって。」

木村はそういって、ハルミさんのはいってきた裏口《うらぐち》から、そっと顔《かお》を出して、外を見ていましたが、

「なんにもいやしませんよ。あんた、気のせいじゃないのですか？　こわいこわいと思っているもんだから……」

「いいえ、たしかにいたのよ。バスの中の鏡《かがみ》の前で、じっと、自分の顔を見ていたのよ。それがあの骸骨だったのよ。」

ハルミさんは、いいはります。

するとと、通路《つうろ》の横《よこ》にある団長室《だんちょうしつ》の幕《まく》があいて、サーカス団長の笠原太郎《かさはらたろう》が出てきました。

「なんだ。そうぞうしい。なにをさわいでいるんだ。」

笠原団長《かさはらだんちょう》は四十歳《さい》ぐらいの、がっしりしたからだの男でした。むらさき色のビロードに、ピカピカひかる金のぬいとりをした、だぶだぶのガウンを着《き》て、頭には、同じ色のビロードに赤いふさのついた、トルコ帽《ぼう》をかぶっています。

「アッ、団長《だんちょう》さん、三号《ごう》のバスに、さっきの骸骨《がいこつ》がかくれているんです。それで、あたし、むちゅうで逃《に》げてきたんです。」

「なにッ、骸骨が？　よしッ、みんなを集《あつ》めろッ。そして、三号バスをとりかこんで、あいつをひっとらえるんだッ！」

団長が大きな声で命令《めいれい》しました。すると、道具係《どうぐがかり》りがかけだしていって、サーカス団員《だんいん》の男たちをよび集めてきました。そして、十何人の男たちが三号バスをとりかこみ、入り口からのぞいてみますと、バスの中にはだれもおりません。逃げだしたのだろうと、そのあたりをくまなく捜索《そうさく》しましたが、なにも発見《はっけん》することができませんでした。

骸骨紳士《がいこつしんし》は、いったい、どこへかくれてしまったのでしょう。ハルミさんを、大テントの裏口《うらぐち》まで追《お》っかけてきたのですから、バスの中にいないのはあたりまえですが、大テントの外の広場をすみからすみまでしらべても、どこにも見あたらないというのは、どうしたわけでしょう。テントの中へしのびこめば、まだ開演中《かいえんちゅう》ですから、サーカス団員《だんいん》や見物《けんぶつ》たちの目につかないはずはありません。

またしても、怪物《かいぶつ》は、煙《けむり》のように消《き》えうせたのです。骸骨紳士《がいこつしんし》は、なにかふしぎな魔法《まほう》をこころえてでもいるのでしょうか。

道化師《どうけし》の怪《かい》

そのあくる日の午前のことです。客《きゃく》を入れる前に、見物席《けんぶつせき》のまん中の丸い演技場《えんぎじょう》で、五人のおとなの道化師《どうけし》と三人の子どもの道化師が、新しい出しものの練習《れんしゅう》をしていました。

道化師のことですから、それぞれちがった、奇妙《きみょう》な服装《ふくそう》をしています。赤と白のだんだら染《ぞ》めの道化服《どうけふく》を着《き》て、同じとんがり帽子《ぼうし》をかぶり、顔《かお》にはまっ白なおしろいをぬり、くちびるをまっ赤《か》にそめ、両《りょう》のほおに赤い丸をかいた男、赤地に白の水玉もようの道化服を着た男、胴体《どうたい》に大きな西洋酒《せいようしゅ》のたるをはめて、首と足だけを出し、たるの両側《りょうがわ》に丸い穴《あな》をあけて、そこから両手《りょうて》を出しておどっている、たるのおばけみたいな男、自分の頭の五倍《ばい》もあるような、はりこの首をかぶって、チョコチョコ歩いている男、ひとめ見て、プッと吹《ふ》きだすようなへんなかっこうをした男ばかりです。

三人の子ども道化師《どうけし》たちも、なんともみょうなすがたをしていました。そのうちふたりが少年で、ひとりが少女でしたが、みんな十歳《さい》ぐらいの子どもで、それが、白と、赤と、赤白だんだらの大きなゴムまりの中にからだを入れて、首と手足だけを外に出し、よちよちと歩いているのです。まるで、大きなまりが歩いているように見えるのです。

おとなの道化師たちは、「ほうい、ほうい」というようなへんなかけ声をして、さかだちをしたり、とんぼがえりをしたり、たるを着《き》ている男は、ごろんと横《よこ》になって、そのへんをぐるぐるころがりまわったり、あるいは道化師どうしけんかのまねをして、なぐりあいをしたり、なぐられた男は、おおげさにピョンと横だおしになって、ごろごろころがったり、ありとあらゆる、こっけいなしぐさを練習《れんしゅう》するのでした。

それがひととおりすむと、こんどは、たるにはいった男だけはべつにして、あとの四人のおとなが、四方にわかれて、ふしぎな玉投《たまな》げをはじめました。

玉は、大きなゴムまりにはいった三人の子どもです。そのまりを両手《りょうて》で持ちあげて、「ヤッ!」とほうると、相手《あいて》の道化師が、「ヨッ!」と受けとめる。ゴムまりの中にはいっている子どもたちは目が回って、ひどく苦《くる》しいのですが、それにならすために練習するわけです。

白と、赤と、赤白だんだらの巨大《きょだい》なまりが、四人の道化師《どうけし》によって、つぎつぎと投《な》げられたり、受けとめられたりして、見ていると、じつに美しいのです。ただ投げるばかりでなく、ごろ玉《だま》にしてころがしてやり、それを相手《あいて》が受けとることもあります。そのときには、子どもの首と手足の出た玉が、ごろごろと、横《よこ》にころがっていくのです。

しばらくすると、赤のゴムまりにはいっている少年がころがされて、ひとりの道化師に受けとめられたとき、大きな声で、

「ちょっと、待って……」

と叫《さけ》びました。

「なんだ、いくじのないやつだな。これくらいで、もう、まいってしまったのか。」

道化師が、しかるようにいいます。

「ううん、ぼく、こんなこと、へいきだよ。そうじゃないんだよ。いま、へんなものが見えたんだ。ちょっと、とめて……」

「なに、へんなものだって?」

道化師はそういって、ゴムまりのまわるのをとめてやりました。すると、少年はゴムまりから出ている右手で、むこうを指《ゆび》さしながら、

「あのたるだよ。あのたるの中から、いま、へんなものがのぞいたんだよ。」

四人のまり投《な》げの道化師《どうけし》たちから、ちょっとはなれたところに、大きな西洋酒《せいようしゅ》のたるが、ちょこんとおいてあります。たるのばけものみたいな道化師が、たるの中で、すわってやすんでいるのです。首や手もひっこめてすわっているので、ただ大きなたるがおいてあるように見えるのです。

「へんなものがのぞいたって？　どこに。」

道化師はたるのほうを見ましたが、べつに変《か》わったようすもありません。

「なんにもありゃしないじゃないか。ぐるぐるまわされて目がまわったので、そんな気がしたんだよ。あのたるの中には、丈吉君《じょうきちくん》が、すわってなまけているばかりさ。」

「ううん、そうじゃない。ぼく、たしかに見たんだよ。あの中には、へんなやつがかくれている。おばけみたいなやつだよ。」

少年がいいはるので、道化師も思わず、そのたるを見つめましたが、すると、そのとき、びっくり箱《ばこ》の中から、人形《にんぎょう》の首がとびだすように、たるの上に、ヒョイととびだしたものがあります。

それを見ると道化師は思わず、「アッ」と叫《さけ》びました。そして、立ちすくんだまま、身《み》動《うご》きもできなくなってしまいました。「アッ」といったときには、もう、そのへんなものは、たるの中へひっこんで、見えなくなっていましたが、ひとめ見ればじゅうぶんです。

そいつは、まっ黒な大きな目を持っていました。鼻《はな》が三角の穴《あな》になっていました。上下の歯《は》がむき出しになっていました。骸骨《がいこつ》です。たるの中には道化師《どうけし》の丈吉《じょうきち》でなくて、骸骨がかくれていたのです。

「おい、みんな！」

その道化師が、ほかの三人に目くばせをしました。そして、ぬき足、さし足、むこうにおいてあるたるのそばへ、近よっていきました。三人も、おずおずと、そのあとからつづきます。

たるのそばによって、おっかなびっくり、そっと上からのぞいてみました。するとそのとき、大きなたるが、いきなりごろんと横《よこ》だおしになりました。

みんながアッとひるむまに、たるの中から、ぴったりと身《み》についたまっ赤《か》なシャツとズボン下の男がとびだして、恐《おそ》ろしいいきおいで、むこうへ逃《に》げていきます。そいつの顔《かお》は、あの恐ろしい骸骨でした。骸骨は道化師《どうけし》丈吉《じょうきち》にばけて、まっ白な顔のお面《めん》をかぶって、さっきまで、みんなをごまかしていたのです。

空中のおにごっこ

まっ赤《か》なシャツの骸骨男《がいこつおとこ》は、丸い演技場《えんぎじょう》のむこうのはしまで走っていくと、そこにさがっている長い丸太にとびつきました。その丸太の両側《りょうがわ》には、三十センチぐらいの間隔《かんかく》で、三センチほどの木ぎれがうちこんであります。骸骨男は、その木ぎれに足をかけて、するすると丸太の上にのぼっていき、大テントの天井《てんじょう》のブランコ台に、たどりつきました。そして、台の上から、下をのぞいて、あの長い歯《は》で、にやにやと笑《わら》っているではありませんか。

道化師《どうけし》たちは身《み》が重《おも》くて、とても丸太をのぼることはできません。空中サーカスの男たちを、よぶほかはないのです。

「おうい、三太《さんた》、六郎《ろくろう》、吉十郎《きちじゅうろう》、みんなきてくれえ。骸骨がブランコ台にのぼったぞう。あいつをひっとらえてくれえ。」

水玉もようの道化師が、ありったけの声で、空中サーカスの名人たちを、よびたてました。

すると、楽屋口《がくやぐち》から、肉《にく》じゅばん*1に、金糸《きんし》のぬいとりのあるさるまた*2をはいた屈強《くっきょう》な男たちが、つぎつぎととびだしてきました。

＊1　肌《はだ》にぴったりつくようにつくった肉色の下着。芝居などでよくつかう　＊2　男性の短い下ばき。パンツの一種

「あそこだ、ほら、あのブランコ台の上だ。」

道化師《どうけし》が指《ゆび》さすところ、地上五十メートルの大テントの天井《てんじょう》、ブランコ台の小さな板《いた》の上に、まっ赤《か》なシャツを着《き》た、へんなやつがうずくまっているのが、小さく見えました。

「やあい、おりてこうい！　でないと、おれたちがのぼっていって、つき落《お》としてしまうぞう。そこから落ちたら、命《いのち》がないぞう！」

空中サーカスの吉十郎《きちじゅうろう》が、両手《りょうて》で口をかこって、高い天井へどなりました。

すると、それに答えるように、天井から、

「ケ、ケ、ケ、ケ、ケ、ケ……。」

と、おばけ鳥のなくような声が、おりてきました。骸骨《がいこつ》が、長い歯《は》をぱくぱくやって、笑《わら》っているのです。

「ようし、いまにみろ！」

吉十郎は、ふたりのなかまを、手まねきして、天井からぶらさがっている、丸太の下までかけつけると、いきなり、それをのぼりはじめました。さすがは空中サーカスの名人たち、まるでサルのように、やすやすと丸太をのぼり、天井のブランコ台にたどりつきました。

そして、そこにうずくまっている骸骨男《がいこつおとこ》を、とらえようとしたときです。まっ赤なシャツが、パッと、空中にもんどりうって、天井《てんじょう》の横木《よこぎ》からさがっているブランコに、とびうつりました。そしてブランコは、みるみる、ツーッ、ツーッと、前後にゆれはじめたのです。

ブランコ台の上の三人の曲芸師《きょくげいし》は、もう、どうすることもできません。骸骨《がいこつ》の乗《の》ったブランコは、ますますはげしくゆれるばかりです。

ごらんなさい！　ブランコは、もう、大テントの天井につくほど、はずみがついてきました。しかし、そのとき、ブランコをとりつけた横木の丸太の上を、ひとりの男がヘビのように、はいだしてきたではありませんか。空中サーカスの名人吉十郎《めいじんきちじゅうろう》です。彼《かれ》は、横木の上に身《み》をよこたえ、両手《りょうて》をブランコの縄《なわ》にかけて、ゆれるブランコを、上に引きあげようとしているのです。

その力で、ブランコは、奇妙《きみょう》なゆれかたをしました。このまま引きあげられたら、骸骨《がいこつ》男《おとこ》は、ブランコからふり落《お》とされて、五十メートル下の地面《じめん》へ、たたきつけられるほかはありません。

しかし骸骨男もさるものです。それと気づくと、とっさに、パッと身をひるがえして、ブランコからはなれました。まっ赤《か》なシャツが、宙《ちゅう》におどりあがったのです。

下から見あげている道化師《どうけし》たちは、思わず、「アッ！」と声をたてて、手に汗《あせ》をにぎりました。ブランコをはなれた骸骨男《がいこつおとこ》は、そのままサーッと、地上へ落《お》ちてくるように見えたからです。落ちれば、むろん、命《いのち》はありません。

「ケ、ケ、ケ、ケ、ケ、ケ……」

あのおばけ鳥の笑《わら》い声《ごえ》が、天井《てんじょう》からふってきました。でも、ふってきたのは声だけで、骸骨男のからだは、ブランコから五メートルもへだたった天井の横木《よこぎ》へ、みごとにとびついていました。

地面《じめん》の道化師《どうけし》たちの口から、「ワアッ！」という声があがりました。

それから、高い天井の、丸太をくんだ足場《あしば》の上の恐《おそ》ろしいおにごっこがはじまりました。

逃《に》げるのは、まっ赤《か》なシャツの骸骨男、追《お》っかけるのは三人の空中曲芸師《くうちゅうきょくげいし》、足場をつたって、右に左に逃げる骸骨男を、さきにまわって待ちうけたり、ぴょんと丸太から丸太へとんで、足を引っぱろうとしたり、きわどいところまで追いつめるのですが、骸骨男は、いつも、するりと身《み》をかわして、たくみに逃げてしまいます。人間わざとは思えないほどです。

やがて、吉十郎《きちじゅうろう》と、もうひとりの曲芸師が、一本の丸太の上を、前とうしろから、じりじりと近づいていきました。骸骨男は、はさみうちになったのです。いくら魔物《まもの》でも、もう逃げる道はありません。吉十郎の手が、グッとのびました。ああ、骸骨男は、いまにもつかまれそうです。うしろの曲芸師《きょくげいし》の手も、足のほうへのびてきました。もう絶体絶命《ぜったいぜつめい》です。

その瞬間《しゅんかん》、骸骨男《がいこつおとこ》のからだが、するっと下へ落《お》ちてきました。もうだめだと思って、とびおりたのでしょうか。

いや、そうではありません。彼《かれ》のまっ赤《か》なシャツのからだは、宙《ちゅう》にとまっています。ああ、わかった。彼は長い細引《ほそび》きを用意《ようい》していたのです。細引きのはしについていた鉄《てつ》のかぎを丸太にひっかけて、細引きを下にたらし、それをつたっておりてくるのです。

吉十郎《きちじゅうろう》は、その細引きをたぐりあげようとしましたが、そのときには、骸骨男は、もう地上七メートルほどのところまで、すべり落ちていました。

そして、パッと手をはなすと、地面《じめん》へとびおり、そのまま、大テントの裏口《うらぐち》のほうへ、矢のようにかけだしていきました。

アッとおどろいた道化師《どうけし》たちが、とまどいしながら、そのあとを追《お》っかけます。天井《てんじょう》の三人の曲芸師も、骸骨男の残《のこ》した細引きをつたって地上におりると、恐《おそ》ろしいいきおいで、追跡《ついせき》をはじめました。しかし、骸骨男のすがたは、もう、どこにも見えないのでした。

＊ 麻で作ったじょうぶで細い縄《なわ》

キャーッと叫《さけ》んで

道化師《どうけし》のできごとがあってから、三日ほどたつと、またしても、恐《おそ》ろしいことがおこりました。

それは昼間のことで、サーカスの大テントの中は、満員《まんいん》の見物《けんぶつ》でうずまっていました。そして、テントの天井《てんじょう》の、目もくらむほど高いところで、空中サーカスがはじまっていたのです。

テントの天井の両方《りょうほう》で、ブランコがゆれていました。いっぽうのブランコには吉十郎《きちじゅうろう》が、もう一つのブランコには、人気もののハルミさんが、ふたりとも足をまげて、さかさまにぶらさがり、おそろしいいきおいで、空中を行ったり来たりしていました。

ブランコにさがったふたりは、サッと近づいたかとおもうと、またスーッとはなれていくのです。

ころあいを見て、吉十郎が、「ハッ」と声をかけました。ハルミさんも、それにこたえて、「ハアッ」と叫《さけ》びました。そして、ブランコにかけていた足を、まっすぐにのばすと、ハルミさんのからだはブランコをはなれて、空中におどりだしたのです。

下の見物席《けんぶつせき》では、何千という顔《かお》が上をむいて、手に汗《あせ》をにぎって、これを見つめています。

両手《りょうて》をのばして、空中におよいだハルミさんに、吉十郎《きちじゅうろう》のブランコが、サーッと近づいてきました。吉十郎は両手《りょうて》をひろげて待っています。ハルミさんは、その手をつかみさえすればいいのです。

「キャーッ……」

ハルミさんの口から、恐《おそ》ろしいひめいがほとばしりました。

そのとき、ハルミさんは、空中をとびながら、吉十郎の顔を見たのです。そして、吉十郎だとばかり思っていたのが、そうでないことに気づいたのです。

それは骸骨《がいこつ》の顔だったのです。あのいまわしい骸骨の顔が、グウッと、こちらへおそいかかってきたのです。

ハルミさんは、あまりのこわさに、あいての両手にすがりつくのもわすれて、ひめいをあげながら、下へ落《お》ちていきました。

五十メートルの高さから、まっさかさまに落ちていくのです。見物席から、ワアッ……という声がおこりました。

そのまま地面《じめん》に落ちたら、ハルミさんは死《し》んでしまいます。

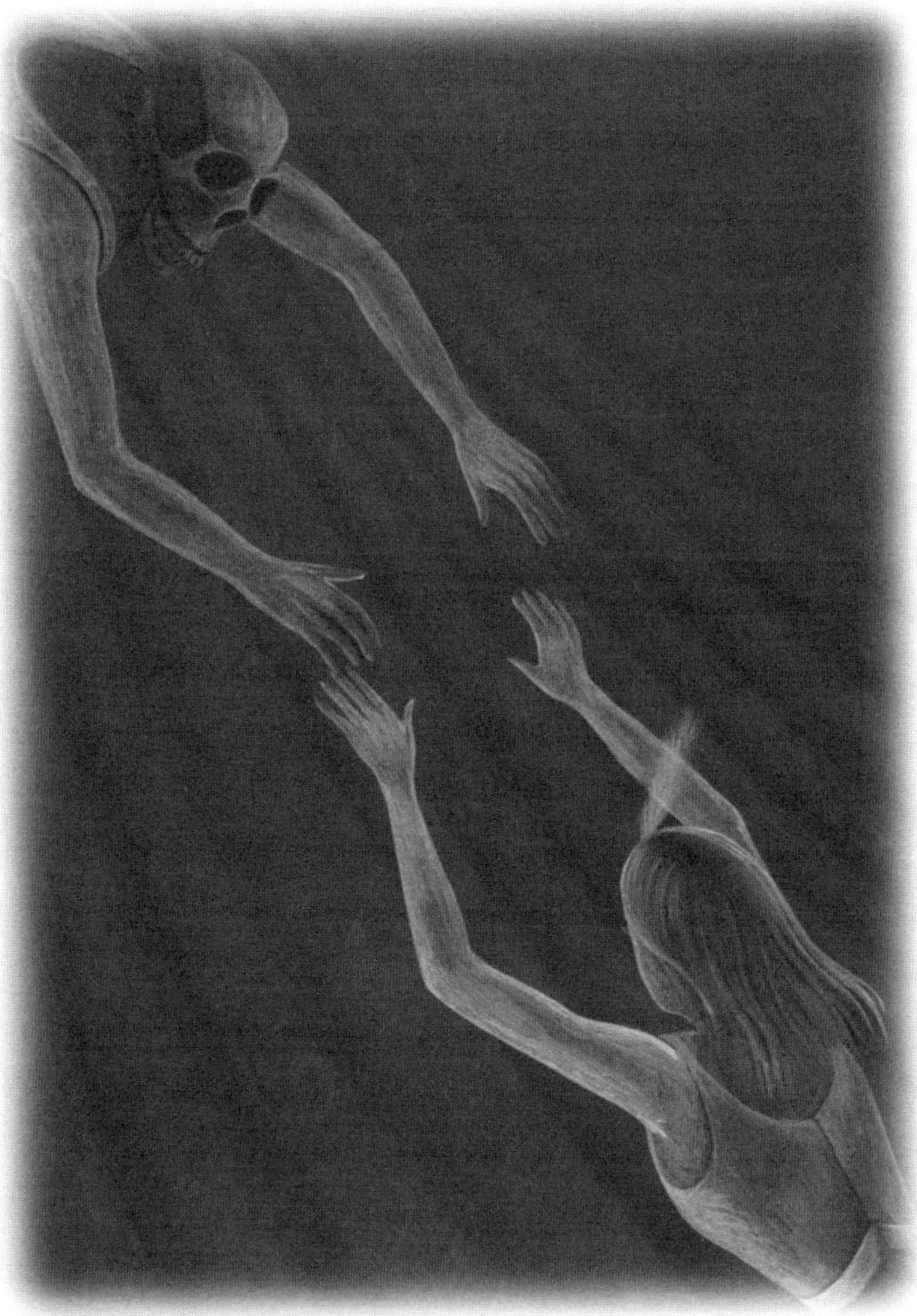

ああ、あぶない！　ハルミさんの白いからだは、だんだん速度《そくど》をまして、矢のように、落《お》ちているではありませんか。

しかし、ハルミさんのからだは、地面《じめん》までとどきませんでした。地面の十メートルほど上で、まるでゴムまりのように、ピョンピョンとはずんだのです。……そこには、太い網《あみ》が、いっぱいにはってあったからです。

ハルミさんは助《たす》かりました。やがて、網の上に、むくむくとおきあがり、網のはしまで歩いていって、そこから地面にとびおりました。

サーカスの人たちが、四方からそこへかけより、ハルミさんをだいて、楽屋《がくや》へはこぼうとしました。

「あたし、だいじょうぶよ。それよりも、あれを、あれを！」

ハルミさんは、そういって、天井《てんじょう》のブランコを指《ゆび》さします。

みんなが上を見あげました。

骸骨《がいこつ》の顔《かお》になった吉十郎《きちじゅうろう》は、どこへいったのか、もうすがたが見えません。ただ、ブランコだけが、はげしくゆれているばかりです。

「吉十郎さんの顔が、骸骨になったのよ。それで、あたし、びっくりして……」

下からは、それがはっきり見えなかったので、みんなは、なぜ、ハルミさんが吉十郎の手につかまらなかったのかと、ふしぎに思っていたのです。

「おうい、吉十郎《きちじゅうろう》がテントの上へのぼったぞう……」

サーカス団員《だんいん》のひとりが、そんなことを叫《さけ》んで、かけよってきました。

吉十郎は、ブランコの綱《つな》をつたって天井《てんじょう》の丸太にのぼりつき、そこから、テントのあわせめをくぐって、テントの上へ出てしまったのです。

ほんとうの吉十郎なら、そんなへんなまねをするはずがありません。あれは、やっぱり、骸骨男《がいこつおとこ》だったのでしょうか。

それから大さわぎになり、空中曲芸《くうちゅうきょくげい》のできる男たちが、天井にのぼりついて、テントの屋根《やね》をしらべましたが、もう吉十郎にばけた男のすがたは、どこにも見えないのでした。

「あれが骸骨男だったとすると、吉十郎は、いったい、どうしたんだろう？」

ひとりの団員が、そこに気づいて、吉十郎の部屋《へや》につかっている大型《おおがた》バスにかけつけて、しらべてみました。

すると、バスの中のかたすみに、手足をしばられ、さるぐつわをかまされた吉十郎が、ころがっていたではありませんか。

さるぐつわをとって、たずねますと、

「うしろから、パッと鼻《はな》と口をおさえられた。恐《おそ》ろしくいやな臭《にお》いがしたとおもうと、それっきり、なにもわからなくなってしまった。」
というのです。骸骨男《がいこつおとこ》は、吉十郎《きちじゅうろう》に麻酔薬《ますいやく》をかがせてしばっておいて、吉十郎の衣装《いしょう》をつけて、ブランコに乗《の》り、ハルミさんをおどろかせたのです。

それにしても、骸骨男は、ブランコの下のほうに、網《あみ》がはってあるのを知っていたはずです。ハルミさんを落《お》としても、けがもしないことがわかっていたはずです。それなのに、どうして、あんなまねをしたのでしょう。ただ、ハルミさんをこわがらせるためだったのでしょうか。あの怪物《かいぶつ》が、なんのために、こんなことをするのか、それがまだ、よくわからないのでした。

窓《まど》の顔《かお》

その晩《ばん》、八時ごろのことです。笠原《かさはら》サーカス団長《だんちょう》のふたりのかわいい子どもが、団長用《だんちょうよう》の大型《おおがた》バスの中で、おとうさんの団長の帰ってくるのを待っていました。サーカスは、いまおわったばかりで、おとうさんは、まだ帰ってこないのです。

にいさんは笠原正一《かさはらしょういち》といって、小学校六年生、妹はミヨ子といって、小学校三年生です。団長の子どもですから、ほかのサーカスの子どもとはちがって、曲芸《きょくげい》はあまりしこまれないで、学校の勉強《べんきょう》にせいをだすようにいいつけられていました。でも、ふたりとも、曲芸《きょくげい》もいくらかできるので、ときたま、サーカスに出ることもあります。

サーカス団は、日本じゅうまわるので、同じ学校をつづけることはできません。いくさきざきの小学校へ転入《てんにゅう》して、長くて三か月、短《みじか》いときは一か月ぐらいで、またほかの学校へかわるのです。ふつうの子どもには、そんなに学校をかわるのは、とてもつらいのですが、正一君《しょういちくん》もミヨ子ちゃんも、なれっこになってなんとも思っていません。ふたりのおかあさんは、三年ほど前になくなって、いまは、おとうさんだけなのです。

こんどは東京《とうきょう》の中で、場所をかえて、長く興行《こうぎょう》することになっていますので、三か月以《い》上《じょう》同じ学校にかよえるわけです。ふたりは、たいへんよろこんでいました。

その学校では、正一君と同じクラスに、少年探偵団員《しょうねんたんていだんいん》のノロちゃん（野呂一平君《のろいっぺいくん》）がいたことは、まことにふしぎな縁《えん》でした。ノロちゃんは人なつっこい子ですから、新しくはいってきた笠原正一君《かさはらしょういちくん》と、まっさきにお友だちになってしまいました。

そのことから、この「サーカスの怪人事件《かいじんじけん》」に、少年探偵団が、ふかい関係《かんけい》を持つことになるのです。

さて、大型《おおがた》バスの中には、団長とふたりの子どものベッドがとりつけられてあり、いっぽうの窓《まど》ぎわには、長い板《いた》がついていて、そこが正一君たちの勉強《べんきょう》の机《つくえ》にもなり、また、その上に、鏡《かがみ》などがおいてあって、化粧台《けしょうだい》にもなるのです。あまり明るくない車内の電灯《でんとう》が、そこを照《て》らしています。

正一君《しょういちくん》とミヨ子ちゃんは、そこのベッドにこしかけて、おとうさんの帰りを待っていましたが、ふと気がつくと、ミヨ子ちゃんが、かわいい目をまんまるにして、うしろのガラス窓《まど》を、見つめていました。そして、にいさんの正一君に、両手《りょうて》でしがみついてくるのです。

正一君も、ギョッとして、その窓を見ました。

窓の外はまっ暗《くら》です。闇《やみ》の中に、ボーッと、白いものがただよっています。それが、だんだん、窓ガラスへ近づいてくるのです。近づくにつれて、はっきりしてきました。

アッ、骸骨《がいこつ》です！

あの恐《おそ》ろしい骸骨がやってきたのです。

ふたりはベッドをとびおりて、だきあって、バスのすみに身《み》をちぢめました。

骸骨は、窓ガラスにぴったりと顔《かお》をつけて、こちらを見ています。黒い穴《あな》のような目、三角の穴になった鼻《はな》、長い歯《は》をむき出した口、その口がキューッとひらいて、けらけらと笑《わら》っているではありませんか。

正一君もミヨ子ちゃんも、あまりのこわさに声をたてることもできないで、まるで磁石《じしゃく》でひきつけられるように、窓《まど》の骸骨《がいこつ》を、じっと見つめていました。動悸《どうき》が恐《おそ》ろしく速《はや》くなり、のどがからからにかわいて、いまにも死《し》ぬかと思うばかりです。

しばらくすると、骸骨の顔《かお》が、窓ガラスから、スーッとはなれていきました。立ちさったのでしょうか？　いや、そんなはずはありません。入り口のほうへまわって、ドアをあけてはいってくるのかもしれません。

やがて、こつ、こつ、こつと、足音が聞こえてきました。きっと骸骨の足音です。

アッ、音がかわりました。バスの後部《こうぶ》の出入り口においてある木の段《だん》をあがる音です。いよいよ、骸骨がはいってくるのです。正一君《しょういちくん》とミヨ子ちゃんは、そう思っただけでも、息《いき》がとまりそうでした。

ドアのとってが、クルッとまわりました。そして、ギーッとドアのひらく音。アッ、暗《くら》闇《やみ》の中に立っています。ボーッと、人のすがたが立っています。

「おまえたち、そんなところで、なにをしているんだ？」

ドアからはいってきたのは骸骨ではなくて、おとうさんの笠原《かさはら》さんでした。

正一君《しょういちくん》とミヨ子ちゃんは、「ワアッ」と叫《さけ》んで、おとうさんにとびついていきました。

そして、いま、窓の外から骸骨がのぞいたことを、ふるえながらつげるのでした。

「なにッ、骸骨が？」

笠原《かさはら》さんは、いきなりバスの外へとびだしていきました。そして、そのへんにいたサーカス団員《だんいん》たちを集《あつ》めて、懐中電灯《かいちゅうでんとう》で照《て》らしながら、あたりをくまなくさがしましたが、怪人《かいじん》のすがたはどこにも見えないのでした。骸骨男《がいこつおとこ》は、いつでも、すがたを消《け》す術《じゅつ》をこころえているのですから、どうすることもできません。

少年探偵団《しょうねんたんていだん》

骸骨男がなんのためにサーカスにあらわれるのか。その目的《もくてき》はすこしもわかりませんが、こんなことが知れわたったら、見物《けんぶつ》がこなくなってしまうので、笠原団長《かさはらだんちょう》は警察《けいさつ》にうったえて、どうかして、このおばけみたいな怪物《かいぶつ》を、とらえようとしました。

警察でもおおぜいの制服《せいふく》、私服《しふく》の警官《けいかん》を、サーカスにはいりこませて、手をつくして怪物の捜索《そうさく》をしましたが、なんの手がかりをつかむこともできないのでした。

笠原正一君《かさはらしょういちくん》は、なんだか、自分たちきょうだいが怪物にねらわれているような気がして、こわくてしかたがありませんので、学校で、友だちのノロちゃんにそのことを話しますと、ノロちゃんは、それを少年探偵団長《しょうねんたんていだんちょう》の小林君《こばやしくん》にしらせました。そこで、いよいよ、少年探偵団がこの怪事件《かいじけん》にのりだすことになったのです。

この事件《じけん》の主任《しゅにん》は、警視庁《けいしちょう》の中村捜査《なかむらそうさ》係長《かかりちょう》でしたが、小林少年《こばやししょうねん》は中村警部《なかむらけいぶ》とはしたしいあいだがらなので、警部にあって、少年探偵団《しょうねんたんていだん》に、正一君《しょういちくん》とミヨ子ちゃんの見はりをやらせてくれとたのみました。

「そうか。野呂君《のろくん》と団長《だんちょう》の子どもと仲《なか》よしなのか。それなら、昼間とよいのうちだけ、きみたちに見はりをたのもう。警察《けいさつ》でも見はっているけれども、おとなでは目につくからね。きみたちのような少年諸君《しょうねんしょくん》のほうが、相手《あいて》にさとられなくていい。それに、きみの腕《うで》まえは、わたしもよく知っているからね。

しかし、夜中はだめだよ。まあせいぜい、夜の八時ごろまでだね。そのあとは、わたしの部下《ぶか》にかわらせる。きみの団員《だんいん》は小学五、六年から、中学一、二年の子どもだ。そんな子どもに、夜ふかしをさせちゃ、おとうさんたちにしかられるよ。

それから、わたしの部下たちが、いつも近くにいるからね。もし、あやしいやつを見つけたら、＊呼《よ》び子《こ》の笛《ふえ》をふくんだよ。子どもだから、怪物《かいぶつ》に手むかったりしたら、ひどいめにあうかもしれないからね。いいかい？　わかったね。」

中村警部は小林少年に、くどくどといいきかせるのでした。

小林君《こばやしくん》も、ひごろ明智先生《あけちせんせい》からいわれているので、そのことは、よくこころえていました。おおぜいの団員《だんいん》の中から、からだが大きくて力の強い少年で、おとうさんやおかあさ

＊人を呼ぶあいずの笛

んが、ゆるしてくださるものだけを六人えらびだし、小林君《こばやしくん》が隊長《たいちょう》になって見はりをやることにしました。

骸骨《がいこつ》の顔《かお》が、窓《まど》からのぞいた日の翌日《よくじつ》です。小林少年《こばやししょうねん》と六人の団員《だんいん》は、学校から帰ると、せいぞろいをして、正一君《しょういちくん》とミヨ子ちゃんのバスのまわりに集《あつ》まりました。

みんな変装《へんそう》をしています。＊浮浪少年《ふろうしょうねん》のようなきたない服を着《き》て、顔《かお》も黒くよごしていま す。明智探偵事務所《あけちたんていじむしょ》には、そういう変装用《へんそうよう》のきたない服《ふく》が、たくさんそなえてあるので、小林君がそれを持ちだして、みんなに着かえさせたのです。

バスのおいてある原っぱには、いちめんに草がはえ、小さな木もありますし、バスがたくさんならんでいるのですから、かくれるところはいくらでもあります。

少年団員《しょうねんだんいん》のあるものは、小さな木のかげに、あるものは、バスの車体の下に、あるものは、長くのびた草の中に、腹《はら》ばいになり、また、あるものは、バスの後部《こうぶ》の出入り口の木の階段《かいだん》のかげに身《み》をかくすというふうに、はなればなれになって、四方から正一君のバスを見はっていました。

昼間はなにごともなく、やがて、夜になりました。少年たちは、べんとうのかわりにポケットに入れてきたパンをかじって、じっとかくれ場《ば》にがまんをしています。

あたりがまっ暗《くら》になってきました。見あげると、空に星がキラキラかがやいています。

＊ 定まった住所や仕事がなく、方々をうろついている少年

むこうの大テントの中には、あかあかと電灯《でんとう》がついて、バンドの音が、はなやかに聞こえてきます。まだサーカスはおわらないのです。やがて、最後《さいご》のよびものの空中曲芸《くうちゅうきょくげい》がはじまるところでしょう。

浮浪児《ふろうじ》に変装《へんそう》した小林少年《こばやししょうねん》は、正一君《しょういちくん》のバスの出入り口の木の階段《かいだん》のかげに、身《み》をかくして、ゆだんなくあたりを見まわしていました。バスの中には、正一君とミヨ子ちゃんが、机《つくえ》がわりの台で本を読んでいるのです。

しばらくすると、むこうの大テントの中の電灯《でんとう》が、だんだん暗《くら》くなっていきました。サーカスがおわったのです。見物《けんぶつ》たちの帰っていく足音や、話し声が、ざわざわと聞こえてきます。

それからまた、しばらくすると、サーカス団《だん》の人たちが、それぞれのバスへ帰ってくるのが、うすあかりにながめられました。正一君たちのバスへも、おとうさんの笠原《かさはら》さんが帰ってきました。笠原さんはむろん、少年探偵団《しょうねんたんていだん》が見はりをしていることをよく知っているので、バスの階段をのぼるとき、そこにかくれている小林少年を見つけて声をかけました。

「ごくろうですね。うちの正一たちのために、きみたちがこんなにしてくれるのは、なんとお礼《れい》をいっていいかわかりませんよ。しかし、もう夜もふけたから、今夜は帰ってください。あとは警察《けいさつ》のほうで、見はりをしてくれますから。」

と、やさしくいうのです。小林君《こばやしくん》は、

「はい、もうじき帰ります。」

と答えましたが、笠原《かさはら》さんがバスの中にはいってドアをしめても、持《も》ち場《ば》を動《うご》くようすがありません。中村警部《なかむらけいぶ》は八時ごろに帰れといいましたが、少年たちは八時半までがんばろうと、もうしあわせていたのです。いまはまだ八時ですから、もう三十分見はりをつづけるつもりなのです。

あたりは、しいんとしずまってきました。大テントの電灯《でんとう》が消《き》えたので、空の星がいっそうはっきり見えます。そのへんは、にぎやかな商店街《しょうてんがい》から遠いので、八時でも深夜《しんや》のようにしずかなのです。

じっとかくれていると、時のたつのがじつに長く感《かん》じられます。八時半までのわずか三十分が、二、三時間に思われるのです。

しかし、やっと、腕《うで》の夜光時計が八時半になりました。そこで、小林君は、みんなを集《あつ》めて帰ろうかと考えていますと、そのとき……、バスの中から、キャーッというひめいが聞こえて、いきなりバスのドアがあき、二つの小さい影《かげ》が、木の階段《かいだん》をころがり落《お》ちてきました。正一君《しょういちくん》とミヨ子ちゃんです。

小林君《こばやしくん》は、とっさに立ちあがり、ふたりをだきとめるようにして、どうしたのだとたずねますと、正一君《しょういちくん》は、

「あいつがバスの中にいる。骸骨《がいこつ》が、ぼくらにつかみかかってきた。はやく逃《に》げなけりゃあ……。」

と、声もたえだえにいうのでした。ああ、これはいったい、どうしたことでしょう。だれもバスの中へはいったものはありません。それなのに骸骨男《がいこつおとこ》があらわれたという正一君たちは、夢《ゆめ》でも見たのでしょうか。

ぬけ穴《あな》の秘密《ひみつ》

小林少年《こばやししょうねん》は、すぐに、呼《よ》び子《こ》の笛《ふえ》を吹《ふ》いて警官隊《けいかんたい》に知らせました。するとむこうの闇《やみ》の中から、あわただしい靴音《くつおと》がして、五人の警官がかけつけてきました。

「バスの中に骸骨男がいるんです。はやくつかまえてください。」

小林君が叫《さけ》びました。

「よしッ。」

警官のひとりが、バスのうしろの出入り口へ突進《とっしん》しました。

「おいッ、あけろ！　ここをあけろ！」

警官《けいかん》は、にぎりこぶしで、出入り口のドアをたたいて、どなっています。いつのまにかドアがしまって、ひらかなくなっていたのです。怪物《かいぶつ》が、中からかぎをかけてしまったらしいのです。

しかし、バスの中にいるのは、骸骨男《がいこつおとこ》だけではありません。正一君《しょういちくん》とミヨ子ちゃんのおとうさんの笠原《かさはら》さんも、いるはずです。骸骨男は、笠原さんをひどいめにあわせているのではないでしょうか。

すると、そのとき、バスの中から恐《おそ》ろしい音が聞こえてきました。なにかがたおれる音、めりめりと板《いた》のわれる音、どしん、どしんと、重《おも》いもののぶっつかる音！

笠原団長《かさはらだんちょう》と骸骨男が、とっくみあってたたかっているのにちがいありません。物音《ものおと》は、ますますはげしくなるばかりです。大型《おおがた》バスが、ゆれはじめたほどです。

「窓《まど》だ！　窓をやぶるんだ。」

警官のひとりが、どなりました。

「じゃあ、肩《かた》にのぼらせてください。ぼくが、やぶります。」

少年探偵団《しょうねんたんていだん》の井上一郎君《いのうえいちろうくん》が、その警官のそばへかけよりました。井上君は団員《だんいん》のうちで、いちばん力が強く、おとうさんに拳闘《けんとう》までおそわっている勇敢《ゆうかん》な少年でした。

「よしッ！　肩《かた》ぐるまをしてやるから、窓《まど》ガラスを、たたきやぶれ！」

警官《けいかん》は井上君《いのうえくん》を、ひょいとだきあげて、自分の肩にまたがらせました。

井上君はナイフのえで、いきなりバスの窓ガラスをたたきやぶって、大きな穴《あな》をあけ、そこから手を入れて、とめがねをはずして、ガラッと窓をひらきました。

のぞいてみると、バスの中は、電灯《でんとう》が消《き》えてまっ暗《くら》です。もう、格闘《かくとう》はおわったらしく、ひっそりとして、なんの音も聞こえません。

「おじさん、だいじょうぶですか？」

井上君が、どなりました。すると闇《やみ》の中から、「うう……」という苦《くる》しそうな声が、聞こえてきました。

ああ、笠原団長《かさはらだんちょう》はやられてしまったのでしょうか。そして、骸骨男《がいこつおとこ》は、闇の中にうずくまって、はいってくるやつに、とびかかろうと、待ちかまえているのではないでしょうか。

そのとき、人の動《うご》くけはいがしました。いつまでも、ごそごそと動きまわっているのです。

「ふしぎだ。消えてしまった。暗くてわからない。あかりを、あかりを！」

笠原団長の声のようです。

「懐中電灯《かいちゅうでんとう》をください。」

井上君《いのうえくん》がいいますと、警官《けいかん》は懐中電灯《かいちゅうでんとう》をわたしてくれました。井上君は、それをつけて、窓《まど》からバスの中を照《て》らしだされたのです。その光にまるい光の中に、よつんばいになっている笠原《かさはら》さんが、照らしだされたのです。その光におどろいたように、笠原さんは、よろよろと立ちあがりました。

ああ、そのすがた！　パジャマはもみくちゃになって、ところどころ破《やぶ》れ、顔《かお》にも、手にも、かすりきずができて血《ち》が流《なが》れ、パジャマにも、いっぱい血がついています。

その血だらけの顔が、懐中電灯の光の中に、大写《おおうつ》しになって、ヌーッとこちらへ近づいてきました。

「それを、かしてくれ……」

井上君は、いわれるままに、懐中電灯を笠原さんにわたしました。

笠原さんは、それをふり照らして、バスの中をあちこちしらべていましたが、

「ふしぎだ。消《き》えてしまった。どこにもいない……」

とつぶやいています。

「骸骨男《がいこつおとこ》がいなくなったのですか。」

井上君がたずねます。

「うん、いなくなった。消えてしまった。」

その問答《もんどう》を聞いた警官《けいかん》が、下からどなりました。

「ともかく、入り口のドアを、あけてください。かぎがかかっているのです。」

笠原《かさはら》さんは、よろよろと、ドアのほうへ近づくと、かぎ穴《あな》にはめたままになっていたかぎを、カチッとまわし、ドアをひらきました。

待ちかまえていた警官たちが手に手に懐中電灯《かいちゅうでんとう》を持って、バスの中へなだれこんでいきました。

しかし、いくらさがしても骸骨男《がいこつおとこ》はいないのです。

笠原さんは、顔《かお》の血《ち》をふきながら説明《せつめい》しました。

「わたしが、ベッドでうとうとしていると、あいつは、いきなり、のどをしめつけてきたのです。むろんあいつですよ。骸骨の顔をした怪物《かいぶつ》です。

わたしは、びっくりしてはねおき、あいつととっくみあいました。わたしも、そうとう力は強いつもりですが、あいつの腕《うで》ときたら、鋼鉄《こうてつ》の機械《きかい》のようです。

死《し》にものぐるいのたたかいでした。だが、わたしは、むこうのすみへおしつけられたとき、すきを見て、両足《りょうあし》であいつの腹《はら》を、力まかせにけとばしたのです。

さすがの怪物も、よほどこたえたとみえて、こちらのすみにころがったまま、おきあがることもできません。わたしは、その上から、とびついていったのです。

ところが、そのとき、ふしぎなことがおこりました。上からおさえつけると、あいつのからだが、スーッと小さくなっていったじゃありませんか。そして、いつのまにか、消《き》えてなくなってしまったのです。……じつにふしぎです。わたしは、わけがわかりません。」

警官《けいかん》たちもそれを聞くと、顔《かお》見あわせてだまりこんでしまいました。

骸骨男《がいこつおとこ》は人間にはできないばけものの魔法《まほう》を、こころえていたのでしょうか。ばけものか、幽霊《ゆうれい》でなければ、きゅうにからだが小さくなったり、消えてしまったりできるものではありません。

「アッ！　へんですよ。ここを見てください。」

懐中電灯《かいちゅうでんとう》を持って、バスの中をはいまわってしらべていた井上君《いのうえくん》が、叫《さけ》ぶようにいいました。

警官たちが近づいて、井上君の指《ゆび》さすところを見ますと、バスの床板《ゆかいた》に、六十センチほどの四角な切れめがついていることがわかりました。

「おしてみると、ぶかぶかしてます。ほら、ね。」

井上君が、力をこめて、そこをおしますと、グーッと下へさがっていくのです。

「アッ、ばねじかけの落《お》とし穴《あな》だ。あいつは、ここから逃《に》げたんだな！」

警官がそう叫んで足でふみますと、そこにぽっかり四角な穴があきました。

骸骨男《がいこつおとこ》のからだが小さくなったように思ったのは、怪物《かいぶつ》がそこから下へぬけだしていったからです。まっ暗《くら》なので、そこに穴《あな》のあることがわからなかったのでしょう。

やっぱり怪物は、おばけや幽霊《ゆうれい》ではありませんでした。悪《わる》がしこい人間なのです。まえもって、ちゃんとそういうぬけ穴をつくっておいてから、バスの中へあらわれたのです。

これで見ますと、いままでにたびたび消《き》えうせたのも、みな、これに似《に》たトリックをつかったのにちがいありません。

巨《きょ》大《だい》な影《かげ》

それから、警官隊《けいかんたい》と少年探偵団員《しょうねんたんていだんいん》は、懐中電灯《かいちゅうでんとう》をふり照《て》らして、バスのまわりの原っぱを、くまなくさがしまわりましたが、なにも発見《はっけん》することができませんでした。骸骨男は、すばやくどこかへ逃《に》げさってしまったのです。

そこで、みんなはひとまず、ひきあげることになりましたが、ふたりの少年が最後《さいご》まで残《のこ》って、だれもいなくなった、まっ暗《くら》な大テントのそばを歩いていました。少年探偵団長《しょうねんたんていだんちょう》の小林君《こばやしくん》と団員《だんいん》の井上君《いのうえくん》です。

「ぼくは、どうしてもわからないことがあるんだよ。あいつが、ぬけ穴から出たのはたしかだけれど、それからさきがふしぎなんだ。」

小林君《こばやしくん》が、深《ふか》い考えにしずんで、ひくい声でいいました。

「え、それからさきって？」

井上君《いのうえくん》が、聞きかえします。

「ぬけ穴《あな》をぬければ、バスの下へおりてくるはずだね。」

「うん、そうだよ。」

「ところが、あのとき、バスの下へは、だれも出てこなかったのだよ。」

「え、どうして、それがわかるの？」

「ぼくが、ずっとバスの下にかくれていたからさ。きみがおまわりさんの肩《かた》にのって、窓《まど》をやぶる前からだよ。」

「へえ、団長《だんちょう》は、ずっとバスの下にかくれていたの？　どうりで、みんながさわいでいるのに、団長のすがたが見えなかったんだね。」

「そうだよ。だれかひとりは、バスの下を見まもっていたほうがいいと思ったのさ。だから、ぬけ穴からあいつが出てくれば、ぼくが見のがすはずはなかったんだよ。」

「ふうん、へんだなあ。やっぱり、あいつは忍術使《にんじゅつつか》いかしら？」

「そうかもしれない。そうでないかもしれない。明智先生《あけちせんせい》に聞かなければわからないよ。

でも、ぼく、なんだかこわくなってきた。ほんとうにこわいんだよ。」

勇敢《ゆうかん》な小林団長《こばやしだんちょう》が、こんなにこわがるなんて、めずらしいことでした。井上君《いのうえくん》は、びっくりしたように小林少年《こばやししょうねん》の横顔《よこがお》を見つめました。

するとそのときです。ふたりの目の前に、恐《おそ》ろしい夢《ゆめ》のような、じつに、とほうもないことがおこりました。

闇《やみ》の中にサーカスの大テントが、ボーッと白く浮《う》きだしています。そのテントのかげから、なんだか灰色《はいいろ》の巨大《きょだい》なものが、ヌーッとあらわれてきたのです。三十メートルほどむこうから、人間の何十倍《なんばい》もある巨大なものが、こちらへ近づいてくるのです。

小林、井上の二少年は、ギョッとして、その場に立ちすくんでしまいました。

巨大な灰色のものは、ゆっくり、こちらへやってきます。もう十五メートルほどに近づきました。

「あッ、あれはゾウだよ。サーカスのゾウが、おりから逃《に》げだしたのかもしれない。」

小林君《こばやしくん》がささやきました。

なるほど、それは一頭《とう》の巨大なゾウでした。しかし、ゾウとわかると、またべつのこわさにおそわれるのです。ふみつぶされたり、鼻《はな》で巻《ま》きあげられたりしたら、たいへんだというこわさです。

ふたりは、いきなり逃《に》げだそうとしました。

すると、「ケ、ケ、ケ、ケ……」というゾッとするような笑《わら》い声《ごえ》が、どこからか聞こえてきたではありませんか。

ふたりは逃げながら、思わずふりかえりました。

巨《きょ》ゾウの背中《せなか》の上に、ふらふらと動《うご》いているものがあります。そいつが、笑ったのです。

「アッ、骸骨《がいこつ》……」

それは、あの骸骨男《がいこつおとこ》でした。いつも着《き》ているオーバーや洋服《ようふく》をぬいで、はだかで、ゾウの背中にまたがっているのです。

はだかといっても、人間のからだではありません。全身《ぜんしん》骸骨のからだなのです。白いあばらぼね、腰《こし》のほね、細長い手足のほね、学校の標本室《ひょうほんしつ》にある骸骨とそっくりです。そのほねばかりが、ゾウの背中で、ふらふらとゆれているのです。

あいつは、からだまで骸骨だったのでしょうか。ほねばかりのからだに、洋服を着て、靴《くつ》をはいて、ステッキをついて歩いていたのでしょうか。

ふたりの少年は、あまりのふしぎさに、三十メートルほどのところに立ちどまったまま、ぼうぜんとして、この奇怪《きかい》なものを見まもっていました。

巨ゾウは少年たちには目もくれず、大テントにそって、のそのそと歩いていきます。その背中《せなか》に、白い骸骨《がいこつ》がゾウに乗《の》って、さんぽでもしているように、のんきそうに、ふらふらとゆれているのです。

「アッ、わかった。あいつ、黒いシャツを着《き》ているんだよ。シャツに白い絵《え》の具《ぐ》で、骸骨の形《かたち》がかいてあるんだよ。」

「なあんだ。じゃあ、やっぱり人間なんだね。」

「そうだよ。でも人間だとすると、骸骨よりも恐《おそ》ろしいよ。ばけものや幽霊《ゆうれい》よりも、もっと恐ろしいのだよ。」

小林君《こばやしくん》は、いかにもこわそうにささやくのでした。

「ケ、ケ、ケ、ケ、ケ……。」

ゾウの上の骸骨が、また、ぶきみな笑《わら》い声《ごえ》をたてました。そして、なにか白いものを、サーッとこちらへほうってよこしたではありませんか。

それは四角な西洋封筒《せいようふうとう》のようなものでした。まっ暗《くら》な空中をひらひらととんで、二少年とゾウとの中ほどの地面《じめん》に落《お》ちました。

そして、二少年があっけにとられて立ちすくんでいるあいだに、巨《きょ》ゾウはテントにそって、だんだんむこうへ遠ざかっていき、灰色《はいいろ》の巨体《きょたい》が、闇《やみ》の中へボーッととけこんで、見えなくなってしまいました。

それを見送《みおく》ると、二少年は恐《おそ》ろしい夢《ゆめ》からさめたように、闇《やみ》の中で顔《かお》を見あわせました。

「テントの中に、おまわりさんがふたり残《のこ》っているから、すぐに知らせよう。」

ふたりは、いそいで、地面《じめん》に落《お》ちている封筒《ふうとう》のようなものをひろいあげると、大テントの入り口にむかってかけだしました。

テントの中の幕《まく》でしきった小部屋《こべや》のようなところに、ふたりの警官《けいかん》がこしかけていました。そこだけに、小さな電灯《でんとう》がついています。

二少年は、警官のそばへいって、いまのできごとをくわしく話し、ひろった封筒をさしだしました。

警官のひとりが、それを受けとってひらいてみますと、中には、つぎのような異様《いよう》な文《ぶん》章《しょう》を書いた紙がはいっていました。

笠原《かさはら》太郎《たろう》君《くん》
数日中に恐《おそ》ろしいことがおこる。きみは、そのきみの手で自分の子どもを殺《ころ》すことになるのだ。それがきみの運命《うんめい》だから、どうすることもできない。いくら用心しても、この運命をまぬがれることはできないのだ。

ふたりの警官《けいかん》は、それを読むと、びっくりして顔《かお》を見あわせました。それから、笠原《かさはら》さんにも、これを見せておくほうがいいだろう。

「すぐに本庁《ほんちょう》*へ知らせなければいけない。」

ひとりの警官は、本庁へ電話をかけるためにとびだしていきました。残《のこ》った警官は、二少年をつれて、笠原さんの大型《おおがた》バスへいそぎました。

笠原さんは、顔や手にほうたいをして、バスの中のベッドに寝《ね》ていましたが、警官がはいってくるのを見て、ベッドの上におきなおりました。そして、警官からことのしだいを聞き、恐《おそ》ろしい手紙を読むと、まっ青《さお》になってしまいました。

「すぐに警官隊《けいかんたい》をよんで、あいつをつかまえてください。ゾウに乗《の》っていたとすれば、まだそのへんに、うろうろしているかもしれません。わたしはゾウのバスをしらべてみます。そのバスには、ゾウ使《つか》いの吉村《よしむら》という男が番をしているのです。どうしてゾウを盗《ぬす》みださされたか、わけがわかりません。」

それから笠原さんは、警官や少年たちといっしょに、ゾウのおりになっている大型バスへかけつけましたが、番人の吉村というゾウ使いは、さるぐつわをはめられ手足をしばられて、遠いところにころがされていました。

そして、ゾウは、いつのまにか、もとのバスにもどっていました。骸骨男《がいこつおとこ》は、ゾウをも

＊警視庁本部のこと

どしておいて、はやくもどこかへ逃《に》げさったのです。なんというすばしっこい怪物《かいぶつ》でしょう。

それにしても、骸骨《がいこつ》が残《のこ》していった手紙は、いったい、どういう意味《いみ》なのでしょうか。小林少年《こばやししょうねん》は、そんなばかなことがおこるはずがないと思いました。しかしそう思う下から、なんともいえないぶきみな考えがむらむらとわきあがってくるのを、どうすることもできないのでした。

ふしぎなじゅうたん

笠原《かさはら》さんは、骸骨男《がいこつおとこ》の手紙を読んでから、すっかりおびえてしまって、バスの中などでくらさないで、もっと厳重《げんじゅう》な家に住むことにしました。

さいわい、おなじ世田谷《せたがや》にアメリカ人の住んでいた西洋館《せいようかん》があいていましたので、すぐに、そこを借《か》りることにして、ふたりの子どもといっしょに、その西洋館にひっこしをしました。そこから毎日、サーカスの大テントへかようつもりなのです。

笠原さんは、自分たち親子とお手つだいさんだけではこころぼそいので、サーカス団員《だんいん》の中から、力が強く勇気《ゆうき》のある三人の男をえらんで、西洋館に住まわせることにしました。

そして、三人が交代《こうたい》で、昼も夜も、正一君《しょういちくん》たちの部屋《へや》の見はり番をすることになったのです。

さて、ひっこしをすませた、あくる日のお昼ごろのことです。

笠原《かさはら》さんがこれからサーカスへいこうとしているところへ、電話がかかってきたので、受話器《じゅわき》を耳にあてますと、きみの悪《わる》いしわがれ声が聞こえてきました。

「うふふふ……、バスではあぶないと思って、西洋館《せいようかん》へ逃《に》げこんだな。うふふふ……、だが、おれは魔法使《まほうつか》いだ。どんなところへだって、しのびこむよ。うふふふ……、それよりも、気をつけるがいい。きみのかわいい子どもを、自分で殺《ころ》さなければならない運命《うんめい》なのだ。それは家をかえたくらいで、のがれられるものではない。うふふふ……気のどくだが、きみは、そういう運命なのだよ。」

そして、ぷっつり電話がきれてしまいました。

笠原さんは青くなって、二階《かい》の正一君とミヨ子ちゃんの部屋へかけつけました。その部屋の前には、ひとりのサーカス団員《だんいん》が、イスにかけてがんばっています。

「いま、骸骨男《がいこつおとこ》から電話がかかってきた。もうここへひっこしたことを知っている。ゆだんはできないぞ。しっかり、番をしてくれ。だが、子どもたちは、だいじょうぶだろうな。」

「だいじょうぶです。窓《まど》には鉄格子《てつごうし》がはまってますから、外からははいれません。入り口はこのドアひとつです。ほら、聞こえるでしょう、歌の声が。正一《しょういち》ちゃんも、ミヨ子ちゃんも、元気に歌をうたっていますよ。」

「うん、そうか。」

笠原《かさはら》さんはドアをひらいて、ちょっと、中をのぞくと、安心《あんしん》したようにうなずいて、

「だが、わしはこれから、サーカスのほうへ出かけるから、あとは、くれぐれもたのんだぞ。いいか。」

「はい、三人でかわりあって、じゅうぶん見はっていますから、ご心配《しんぱい》なく。」

団員《だんいん》は、さも自信《じしん》ありげに答えるのでした。

笠原さんは、そのまま出かけていきました。サーカスは夜までやっていますから、帰りはおそくなるでしょう。

その日の四時ごろのことです。西洋館《せいようかん》の門の前に、一台のトラックがとまって、ふたりの男が、電柱《でんちゅう》ほどもある太い棒《ぼう》のようなものをトラックからおろし、それをかついで玄関《げんかん》へやってきました。

ベルをならしたので、サーカス団員のひとりがドアをあけますと、ふたりの男はいきなり、その棒のようなものを、西洋館の中へかつぎこみながら、

「こちらは、近ごろ、ひっこしをされた笠原《かさはら》さんでしょう。みの屋《や》から、これをおとどけにきました。」

「エッ、みの屋だって？　それは、いったい、なんだね？」

サーカス団員《だんいん》が、めんくらったように聞きかえしました。

「じゅうたんですよ、三部屋《へや》ぶんのじゅうたんですよ。」

長さは二メートルあまり、太さは電柱《でんちゅう》よりも太いようなでっかい棒《ぼう》は、三部屋ぶんのじゅうたんを、かたく巻《ま》いたものでした。

サーカス団員は、へんな顔《かお》をして、

「じゅうたんを注文《ちゅうもん》したことは聞いていないね。まちがいじゃないかね。」

「いいえ、まちがいじゃありません。この町には、ほかに笠原という家はないのです。それに、ひっこしをした家も、ここ一軒《けん》です。まちがいありませんよ。」

「だが、ぼくは聞いていないので、代金《だいきん》をはらうわけにはいかないが……。」

「代金ですか？　それなら、もうすんでいるんですよ。前ばらいで、ちゃんといただいてあります。それじゃ、ここへおいていきますよ。」

ふたりの男は、そのでっかい棒を、玄関《げんかん》の板《いた》の間《ま》のすみへ横《よこ》にころがしておいて、さっさと帰っていきました。

サーカス団員《だんいん》は、きっと笠原《かさはら》さんが注文《ちゅうもん》したのだろうと思ったので、笠原さんの帰るまで、そのままにしておくことにしました。

やがてなにごともなく日がくれ、正一君《しょういちくん》とミヨ子ちゃんと三人の団員は、食堂《しょくどう》に集《あつ》まって、晩《ばん》ごはんをたべていました。

ちょうどそのころ、玄関《げんかん》の板《いた》の間《ま》のうす暗《ぐら》いすみっこで、ふしぎなことがおこっていたのです。

そこに横《よこ》だおしになっている、棒《ぼう》のように巻《ま》いたじゅうたんが、まるで生きもののように動《うご》きはじめたではありませんか。

じゅうたんの棒が、しずかにごろんところがって、巻いてあるじゅうたんのはじがとけ、またもうひとつ、ごろんところがると、とけたじゅうたんが倍《ばい》になり、三度《ど》めに、ごろんところがったとき、中から、なにか、まっ黒なものがはいだしました。

それは人間の形《かたち》をしていました。ぴったり身《み》についた黒シャツと黒ズボン、黒い手ぶくろに、黒い靴下《くつした》、全身《ぜんしん》、まっ黒なやつです。

そいつが立ちあがって、こちらをむきました。その顔《かお》！　やっぱりそうでした。骸骨《がいこつ》です。骸骨の顔です。

骸骨男《がいこつおとこ》は、じゅうたんの中にかくれて、しのびこんだのです。なんという、うまいかくれ場所《ばしょ》でしょう。外からは、三まいの大きなじゅうたんが、かたく巻《ま》いてあるように見えますが、中は、人間ひとり、横《よこ》になれるほどの空洞《くうどう》になっていたのです。

まっ黒な骸骨男《がいこつおとこ》は、廊下《ろうか》の壁《かべ》をつたって、おくのほうへしのびこんでいきます。食堂《しょくどう》の前をとおって、台所《だいどころ》へ。しかし、食堂にいたおおぜいの人はだれも気がつきません。

ああ、ぶきみな骸骨男は、いったい、なにをしようというのでしょう。

消《き》えうせた正一君《しょういちくん》

その夜の八時。笠原《かさはら》さんはまだ帰ってきません。正一君とミヨ子ちゃんは、もうベッドにはいりました。ふたりの部屋《へや》のドアの前には、ふたつのサーカス団員《だんいん》が、大きな目をギョロギョロさせて、ゆだんなく見はりをつとめています。昼間とはべつの団員です。

ところが、しばらくすると、ふしぎなことがはじまりました。団員の大きな目が、だんだん細くなっていくのです。しまいには、まったく目をつぶってしまって、こっくりと、首が前にかたむきました。

びっくりして、パッと目をひらき、ちょっとのあいだはしゃんとしていましたが、またまぶたが合わさって、こっくりとやります。

そんなことを、なんどもくりかえしているうちに、その団員《だんいん》はとうとう、ぐっすり寝《ね》こんでしまい、イスからずり落《お》ちて、へんなかっこうで、いびきをかきはじめました。

そのとき、一階《かい》の食堂《しょくどう》でも、同じようなことがおこっていました。ふたりの団員が食堂に残《のこ》り、見はりの順番《じゅんばん》がくるのを待ちながら話をしていたのですが、ふたりとも、いつのまにか、こっくり、こっくりと、いねむりをはじめていたのです。

台所《だいどころ》ではお手つだいさんが、おさらを洗《あら》ってしまって、やれやれと、そこのイスにこしをおろしたかとおもうと、これも、こっくり、こっくりです。

家じゅうがみんな寝《ね》こんでしまいました。これはいったい、どうしたことでしょう？ さっき食事《しょくじ》のあとで、おとなたちはコーヒーを飲《の》みました。なんだか、ひどくにがかったようです。お手つだいさんも、台所で同じコーヒーを飲みました。ひょっとしたら、何者《なにもの》かが、コーヒーの中へねむり薬《ぐすり》をまぜておいたのではないでしょうか。いや、何者かではありません。もし、そんなことをしたやつがあるとすれば、あのじゅうたんの中から出てきた骸骨男《がいこつおとこ》にきまっています。

こちらは、寝室《しんしつ》の中の正一君《しょういちくん》です。ミヨ子ちゃんは、まだ小さいので、むじゃきに寝《ね》いってしまいましたが、正一君は、なんだかこわくて、なかなかねむれません。このあいだ、バスの中へあらわれた骸骨男の顔《かお》を思いだすと、恐《おそ》ろしさに、からだがふるえてくるのです。

ドアの外には、力の強い団員《だんいん》ががんばっていますし、窓《まど》には、がんじょうな鉄格子《てつごうし》がついているのですから、あいつが寝室《しんしつ》の中へはいってくる心配《しんぱい》は、すこしもありませんが、それでもなんだか、こわくてしょうがないのです。

ふと、聞き耳をたてると、こつこつと音がしていました。ギョッとして、思わず息《いき》をころしました。

こつこつ、こつこつ……。

「おとうさんだよ。ここをあけておくれ。」

ドアの向《む》こう側《がわ》なので、なんだかちがう人の声のように聞こえました。でも、こわくてしょうがなかったときですから、おとうさんと聞くと、とびおきてドアにかけより、かぎをまわして、それをひらきました。用心のために、中からかぎがかけてあったのです。

ドアが、スーッとひらきました。

そして、そこに立っていたのは、おとうさんではなかったのです。いままで、そのことばかり考えていた、あいつです。身《み》の毛《け》もよだつ骸骨男《がいこつおとこ》です。

正一君《しょういちくん》は、アッといって、いきなりベッドのほうへ逃《に》げだしました。しかし、相手《あいて》はおとなです。すぐに、うしろからとびかかって、正一君をだきすくめてしまいました。

正一君《しょういちくん》は、無我夢中《むがむちゅう》であばれましたが、とてもかなうはずはありません。骸骨男《がいこつおとこ》は、どこからか、大きなハンカチのようなものをとりだして、それを正一君の口と鼻《はな》におしつけました。

いやな臭《にお》いがしたかとおもうと、気がとおくなっていきました。正一君は、もう目をふさいでいましたが、暗《くら》いまぶたの裏《うら》に、あのいやらしい骸骨《がいこつ》の顔《かお》が千倍《ばい》の大きさで、にやにや笑《わら》っていました。世界《せかい》じゅうが、骸骨の巨大《きょだい》な顔で、いっぱいになったのです。

正一君がぐったりすると、骸骨男はべつのふろしきのようなものをとりだして、正一君にさるぐつわをはめ、それから用意《ようい》していた細引《ほそび》きで、手と足を念《ねん》いりにしばりました。

同じ部屋《へや》のベッドに寝《ね》ているミヨ子ちゃんは、ぐっすりねむっていたので、このさわぎを、すこしも知りませんでした。それほど骸骨男は、手ばやく、しずかに、ことをはこんだのです。

さっきのコーヒーにねむり薬《ぐすり》をまぜたのは、やっぱり骸骨男でした。廊下《ろうか》では、イスからずり落《お》ちたサーカス団員《だんいん》が、まだねむりこけています。一階《かい》にいる人たちも同じありさまなのでしょう。骸骨男は、だれにじゃまされる心配《しんぱい》もなく、思うままのことがやれるわけです。

彼《かれ》は、しばりあげた正一君をこわきにかかえると、ゆうゆうと階段《かいだん》をおりて、玄関《げんかん》の板《いた》

の間《ま》にもどり、自分がかくれていたじゅうたんの空洞《くうどう》の中へ、正一君《しょういちくん》を入れて、もとのとおりに巻《ま》きつけ、それから、ひもでしばって、とけないようにしました。

そして、玄関《げんかん》のドアのところへいくと、ポケットからまがった針金《はりがね》をとりだし、かぎ穴《あな》にさしこんで、しばらく、こちゃこちゃやっていましたが、やがてカチンと音がして、錠《じょう》がはずれ、ドアがひらきました。この針金は、どろぼうが、錠やぶりにつかう道具《どうぐ》なのです。

骸骨男《がいこつおとこ》は外に出ると、ドアをしめ、また、あの針金をつかって、外からかぎをかけ、そのまま、どこかへ立ちさってしまいました。

笠原《かさはら》さんがサーカスから帰ってきたのは、それから三十分もたったころでした。玄関のベルをおしましたが、だれもドアをあけてくれません。なんども、なんども、ベルをおしました。それでもなんの答えもないのです。

笠原さんは、心配《しんぱい》になってきました。るすのまに骸骨男がやってきて、家じゅうのものをしばって、動《うご》けなくしたのではないだろうか。そして、正一《しょういち》とミヨ子を、どうかしてしまったのではあるまいか。そのとき、ふと、自分のポケットにあいかぎがはいっていることを思いだしました。いそいでそれをとりだし、ドアをひらいて、家の中にとびこみ、大声で、団員《だんいん》の名をよびながら、おくのほうへはいっていきました。

食堂《しょくどう》までくると、ふたりの団員《だんいん》が、正体《しょうたい》もなくねむっていることがわかりました。台所《だいどころ》をのぞいてみると、お手つだいさんまでねむっているのです。

二階《かい》の子どもたちの部屋《へや》が心配《しんぱい》です。笠原《かさはら》さんは、とぶように二階へかけあがり、正一《しょういち》君《くん》たちの寝室《しんしつ》の前にいってみますと、そこにも、見はりの男が床《ゆか》にたおれて、寝《ね》こんでいるではありませんか。

ドアをひらいて、寝室にとびこみました。ミヨ子ちゃんは寝ていました。しかし、正一君のベッドは、もぬけのからです。

「ミヨ子、ミヨ子、おきなさい。にいさんはどこへいったのだ?」

ミヨ子ちゃんは、びっくりして目をさましましたが、さっきのことは、なにも知らないで寝ていたので、にいさんがどこへいったのか、答えることができません。それでも、おとうさんが、こわい顔《かお》をしてどなりつけるので、とうとう泣《な》きだしてしまいました。

ミヨ子ちゃんにたずねてもわからないので、笠原さんは、廊下《ろうか》にもどって、たおれているサーカス団員のからだをはげしくゆすぶり、大声でその名をよびました。

すると、やっとのことで男は目をさまし、ぼんやりした顔で、あたりを見まわしています。

「おいッ、どうしたんだ。正一のすがたが見えないぞ。きみは、なんのためにここで、番をしていたんだ。」

「アッ、団長《だんちょう》さんですか。ぼく、どうしたんだろう。へんだな。どうしてねむってしまったのか、さっぱり、わけがわかりません。正《しょう》ちゃんがいませんか。」

「なにを、いっているんだ。きみだけじゃない。下でも、みんなねむりこんでいる。いったい、これは……」

笠原《かさはら》さんは腹《はら》がたって、口もきけないほどです。

「アッ、そうか。それじゃあ、あれがそうだったんだな。」

団員《だんいん》が、とんきょうな声をたてました。

「エッ、あれって、なんのことだね。」

「ねむり薬《ぐすり》です。あのコーヒーにはいっていたのです。ばかににがいコーヒーだった。」

「ねむり薬？　うん、そうか。して、だれがそれを入れたんだ。」

「わかりません。はこんできたのはお手つだいさんです。しかし、お手つだいさんの見ていないすきに、だれかが入れたのかもしれません。」

「だれかって、戸じまりはどうしたんだ。だれかが、外からはいることができたのか。」

「いや、戸じまりは厳重《げんじゅう》にしてありました。みんなで見まわってたしかめたから、まちがいありません。外からは、ぜったいに、はいれないはずです。」

それでは、どうして、コーヒーの中へ、ねむり薬《ぐすり》がはいったのでしょう。また、正一君《しょういちくん》がいなくなったのは、なぜでしょう。

「よしッ、それじゃ、すぐにみんなをたたきおこして、正一《しょういち》をさがすんだ。ひょっとしたら、家の中のどこかにいるかもしれない。」

そして、みんながたたきおこされ、西洋館《せいようかん》の中はもちろん、庭《にわ》から塀《へい》の外まで、くまなくしらべましたが、正一君はどこにもいないことが、あきらかになりました。

さて、そのあくる日の朝はやくのことです。きのうの運送屋《うんそうや》のふたりの男がやってきて、あのじゅうたんはまちがえて配達《はいたつ》したのだからといって、玄関《げんかん》のすみにころがしてあった、棒《ぼう》のように巻《ま》いたじゅうたんを受けとると、表《おもて》のトラックにつんで、立ちさってしまいました。

こちらは、だれも注文《ちゅうもん》したおぼえがないのですから、とりもどしにきたのはあたりまえだと思っていました。そのじゅうたんの中に、正一君がとじこめられているなどと、だれひとりうたがってもみなかったのです。

骸骨男《がいこつおとこ》のトリックは、まんまと成功《せいこう》しました。それにしても、かわいそうな正一君は、これからどんなめにあわされるのでしょう？　あの手紙にあったように、おとうさんの手にかかって殺《ころ》されるというような、とほうもないことがおこるのではないでしょうか？

名探偵明智小五郎《めいたんていあけちこごろう》

明智探偵事務所《あけちたんていじむしょ》の書斎《しょさい》で、明智小五郎《あけちこごろう》と小林少年《こばやししょうねん》が話していました。

小林君《こばやしくん》は、笠原正一少年《かさはらしょういちしょうねん》がゆくえ不明《ふめい》になったことを、報告《ほうこく》しているのです。

みんなが、ねむり薬《ぐすり》でねむらされたあいだに、つれだされたらしいのですが、何者《なにもの》が、どこからつれだしたのか、まったくわかりません。家じゅうの戸にはみんなかぎがかかっていて、どこにも出入り口はなかったのです。正一君は、煙《けむり》のように、戸のすきまからでも出ていったとしか考えられません。犯人《はんにん》はむろん、あの骸骨男《がいこつおとこ》です。あいつがまた魔法《まほう》をつかったのです。

明智探偵なら、この謎《なぞ》がとけるにちがいないというように、小林君は先生の顔《かお》を、じっと見つめるのでした。

「あいつは、笠原さんが自分の手で、正一君を殺《ころ》すのだと、いったのだね。」

「そうです。それが恐《おそ》ろしいのです。」

明智探偵は、しばらく考えていましたが、ふと思いついたようにたずねました。

「きのうはひっこしで、まだいろいろな荷物《にもつ》がはこびこまれていたわけだね。なにか大きな荷物《にもつ》が、一度《ど》持ちこまれて、またそのまま、持ちだされたというようなことは、なかっただろうか。」

小林君《こばやしくん》はそれを聞くと、ハッとしたように目を見はりました。

「そういえば、へんなことがありました。正一君《しょういちくん》たちの見はり番をするために、あそこにとまっているサーカス団員《だんいん》が、こんなことを話していたのです。きのう、運送屋《うんそうや》が、じゅうたんの巻《ま》いたのを持ってきたのだそうです。こちらは注文《ちゅうもん》したおぼえがないといっても、代金《だいきん》をいただいているからといって、むりにおいていったのだそうです。ところが、けさになって、その運送屋がまたやってきて、きのうのじゅうたんは、あて名をまちがえたのだといって、とりかえしていった、というのです。」

「それじゃ、きみは、そのじゅうたんを見たわけではないね。」

「ええ、ぼくがあそこへいったときには、もう、運送屋が、とりもどしていったあとでした。」

明智探偵《あけちたんてい》はそれを聞くと、すぐにデスクの上の電話の受話器《じゅわき》をとって、笠原《かさはら》さんのうちをよびだしました。

「こちらは明智探偵事務所《あけちたんていじむしょ》ですが、笠原さんはおいでですか……。え、お出かけになった？　……あなたは？　ああサーカス団《だん》のかたですね。いま小林君に聞いたのですが、きのう、じゅうたんが持ちこまれたそうですね。あなたはそれを、ごらんになりましたか。ああ、あなたが受けとったのですか。じゅうたんは巻《ま》いてあったのですね。その大きさが知りたいのですが、長さは？　……二メートルぐらいですね。太さは？　……五十センチ？　そんなに太かったのですか。ああ、三部屋《へや》ぶんですね。わかりました。……ところで笠原《かさはら》さんは、いつごろ出かけられたのですか……いましがた？　サーカスへいかれたのですか。え？　そうじゃない？　どこです？　射撃場《しゃげきじょう》ですって？　銃《じゅう》の射撃を練習《れんしゅう》しておられるのですか。その射撃場はどこにあるのです？　世田谷区《せたがやく》の烏山町《からすやままち》。芦花公園《ろかこうえん》のむこうですね。烏山射撃場《からすやましゃげきじょう》というのですね。その射撃場の電話番号《でんわばんごう》はわかりませんか。え？　三二一＊の五四九〇ですね。いや、ありがとう。」

明智探偵《あけちたんてい》は一度《ど》受話器《じゅわき》をかけると、すぐにまたはずして、いま聞いたばかりの番号をよびだしました。

「烏山射撃場ですか？　あなたは？　……ああ、射撃場の主任《しゅにん》さんですね。射撃の練習はもうはじまっていますか。え、まだですって。そこへ、グランド・サーカスの笠原さんがいっておられますか。え？　まだきておられない？　きょうは何人ほど、練習にこられるのですか。……三人ですか。笠原さんもそのひとりですね。わかりました。ぼくは私立探偵《しりつたんてい》の明智小五郎《あけちこごろう》です。いますぐに自動車《じどうしゃ》でそちらへいきます。三十分はかかるでしょう。

＊このころ東京の市内局番は三ケタだった

ぼくがいくまで、射撃《しゃげき》の練習《れんしゅう》をはじめないでください。ぜったいに射撃をやってはいけません。わかりましたか。人の命《いのち》にかかわることです。殺人事件《さつじんじけん》がおこるかもしれないのです。かならず、ぼくがいくまで待ってください。わかりましたね。」

明智探偵《あけちたんてい》は、くどいほど念《ねん》をおして電話をきりました。

小林君《こばやしくん》が、めんくらったようにたずねました。小林君には、明智先生《あけちせんせい》がなにを考えているのか、すこしもわからないのです。

「先生、お出かけになるのですか。」

「うん、大いそぎで、自動車《じどうしゃ》をよんでくれたまえ。そして、きみもいっしょにいくのだ。ぼくの考えちがいかもしれない。しかし、いってたしかめてみるまでは、安心《あんしん》ができない。ひょっとしたら、正一君《しょういちくん》がおとうさんの笠原《かさはら》さんに、殺《ころ》されるかもしれないのだ。」

「エッ？　正一君が？　それじゃあ、骸骨男《がいこつおとこ》のいったとおりになるかもしれないのですね。」

「そうだよ。だから大いそぎだ。すぐに車をよびたまえ。」

射撃場《しゃげきじょう》の怪事件《かいじけん》

笠原《かさはら》さんは、ときどき、サーカスの舞台《ぶたい》に出ることがあります。長年きたえた腕《うで》で、空中曲芸《くうちゅうきょくげい》でもオートバイの曲乗《きょくの》りでも、なんでもできるのです。なかでも射撃術《しゃげきじゅつ》は名人で、遠くから助手《じょしゅ》のくわえているタバコをうち落《お》とすことができます。助手の顔《かお》をすこしもきずつけないで、タバコだけをうち落とすのです。またトランプのカードを的《まと》にして、ハートならハートのしるしを、上から順番《じゅんばん》に、ひとつひとつ、いぬいて見せることもできるのです。

ですから、笠原さんは、射撃の腕がおちないように、日をきめて射撃場《しゃげきじょう》にかよい、練習《れんしゅう》をしているのですが、きょうは、ちょうどその練習日《れんしゅうび》なので、烏山射撃場《からすやましゃげきじょう》へやってきたのです。

ほんとは、正一君《しょういちくん》のことが心配《しんぱい》で、射撃どころではないのですが、警察《けいさつ》にもとどけたし、小林少年《こばやししょうねん》に、明智探偵《あけちたんてい》に話してくれるようにもたのんだので、そういう専門《せんもん》の人たちが、正一君のゆくえをさがしてくれるのを、待つほかはありません。

笠原さんがいくらやきもきしても、しかたがないのです。それに、家にいてくよくよしていては、気がめいるばかりですから、ちょうど練習日《れんしゅうび》だったのをさいわいに、思いきって射撃場《しゃげきじょう》へやってきたわけです。

烏山射撃場《からすやましゃげきじょう》は、小さな事務所《じむしょ》の建物《たてもの》のほかはなにもない広い林の中です。いっぽうに、たまよけの高い土手《どて》がつづいて、その前に白い砂《すな》が山のようにつんであり、その砂の中ほどに、三つの的《まと》が立っているのです。

笠原《かさはら》さんはいつも、その三つのまん中の的で、練習することにしていました。あとの二つは、ほかの人がつかうのです。

笠原さんは事務所から銃《じゅう》を持ちだすと、射撃のスタンドに立って銃にたまをこめ、いまにも練習をはじめようとしていました。

そこへ、事務所の主任《しゅにん》が、あたふたとかけつけてきたのです。そして、両手《りょうて》をふりながら、

「待ってください。待ってください。」

と叫《さけ》びました。

「どうしたのです。なぜとめるのです。」

笠原さんが、ふしん顔《がお》で聞きかえしました。

「すこし、わけがあるのです。すみませんが、十分《ぷん》ほどお待ちください。事務所でおやす

みねがいたいのです。」

「十分《ぷん》ぐらいなら待ってもいいが、わけを聞かせてもらいたいね。わしも、いそがしいからだだからね。」

「二十分ほど前に電話がありまして、いまから三十分もしたら、そこへいくから、それまでぜったいに射撃《しゃげき》をやってはいけないというのです。」

「ふうん、いったい、だれがそんな電話をかけてきたんだね。」

「有名《ゆうめい》な私立探偵《しりつたんてい》の明智《あけち》さんです。人の命《いのち》にかかわることだから、かならず待っているようにと、たびたび、念《ねん》をおされました。」

「エッ、明智探偵《あけちたんてい》がそんなことをいったのか。おかしいな。こんなところで、人の命にかかわるような事件《じけん》がおこるはずはないのだが……しかし、明智さんがそういったとすれば、待ったほうがいいだろうな。よろしい。事務所《じむしょ》で、しばらくやすんでいることにしよう。」

笠原《かさはら》さんはそういって、銃《じゅう》を持ったまま、主任《しゅにん》といっしょに、事務所のほうへもどっていきました。

しばらくすると、事務所の前に自動車《じどうしゃ》がとまって、明智探偵と小林少年《こばやししょうねん》がおりてきました。

主任が出むかえ、事務所の中に案内《あんない》しますと、小林少年が、そこにやすんでいる笠原さんを見つけて、明智探偵《あけちたんてい》にひきあわせました。

「明智先生《あけちせんせい》ですか、はじめておめにかかります。小林君《こばやしくん》や少年探偵団《しょうねんたんていだん》の人たちには、いろいろ、ごやっかいになっています。」

笠原《かさはら》さんが、ていねいにあいさつしました。

「小林君から聞きますと、お子さんがゆくえ不明《ふめい》になられたそうで、ご心配《しんぱい》でしょう。これからはわたしも、およばずながら、お手つだいするつもりですよ。」

「ありがとうございます。名探偵《めいたんてい》といわれるあなたが力をかしてくだされば、こんな心じょうぶなことはありません。それにしても、あなたは電話で、射撃《しゃげき》の練習《れんしゅう》をしてはいけないとおいいつけになったそうですが、それは、どういうわけでしょうか。」

「ちょっと心配なことがあるのです。……わたしの思いちがいかもしれませんが、しらべてみるまでは安心《あんしん》できません。」

「しらべるといいますと?」

「この射撃場《しゃげきじょう》の的《まと》をしらべるのです。……だれか、シャベルを持って、わたしについてきてくれませんか。」

明智探偵は、主任《しゅにん》にたのみました。主任はそこにいた若《わか》い男に、そのとおりにするように命《めい》じました。

明智探偵《あけちたんてい》はその男をつれて、的《まと》の立っている白い砂山《すなやま》のほうへ、歩いていきます。そのあとから、小林少年《こばやししょうねん》と、笠原《かさはら》さんと、主任《しゅにん》と、それから射撃《しゃげき》の練習《れんしゅう》にやってきたふたりの紳士《しんし》とが、ぞろぞろとついていきます。

的のところへくると、明智は、シャベルを持った男に、三つならんでいるまん中の的のうしろの砂を、ほるように命《めい》じました。

男はシャベルを白い砂山に入れて、さっく、さっくと砂をかきのけていきます。

すると、五、六度《ど》、シャベルをつかったばかりで、砂の下から、みょうなものがあらわれてきたではありませんか。

「それをきずつけないように、そっと砂をのけてください。」

明智がさしずをします。男が、シャベルを横《よこ》にして、しずかに砂をのけていくにつれて、そのみょうなものは、だんだん大きくあらわれてきました。

「やっぱりそうだ。これはじゅうたんを巻《ま》いたものですよ。さあ、みなさん、手をかしてください。これを外へ引きだすのです。」

そこで、みんなが力をあわせて、長いじゅうたんの棒《ぼう》を、砂の外へ引きずりだしました。

明智は、巻いたじゅうたんのあちこちを、手でたたいてしらべたあとで、しばってあるひもをといて、じゅうたんをころがしながら、ひろげていきました。

「アッ！」

みんなが、おもわず叫《さけ》び声《ごえ》をたてました。ごらんなさい。じゅうたんのまん中が、空洞《くうどう》になっていて、そこにひとりの少年が、とじこめられていたではありませんか。

「アッ、正一《しょういち》だ。おい正一。しっかりするんだ。明智《あけち》さん、これが、かどわかされたわたしの子どもですよ。」

笠原《かさはら》さんは、手足をしばられた正一君《しょういちくん》をだきおこし、縄《なわ》をとき、さるぐつわをはずしてやりました。

「正一、だいじょうぶか？　どこもけがはしていないか。」

すると、気をうしなったように、ぐったりしていた正一君が、目をひらいて、ワッと泣《な》きだしながら、おとうさんの胸《むね》にしがみついてきました。

「よし、よし、もうだいじょうぶだ。安心《あんしん》しなさい。これからは、もう、けっしてこんなめにはあわせないからね。」

正一君は、べつにけがもしていません。じゅうたんには、ちゃんと空気のかようすきまがつくってあったので、息《いき》がつまるようなこともなかったのです。

「明智先生《あけちせんせい》、ありがとう。あなたのご注意《ちゅうい》がなかったら、わしは、この子をうち殺《ころ》していたところです。わしがいつもつかう、まん中の的《まと》のすぐうしろに、この子がいたわけですからね。よかった、よかった。明智先生《あけちせんせい》は、正一《しょういち》の命《いのち》の恩人《おんじん》です。正一、先生にお礼《れい》をいいなさい。おまえは明智先生と、それから小林君《こばやしくん》のおかげで、命びろいをしたんだよ。」

それにしても、なんという恐《おそ》ろしい思いつきでしょう。じゅうたんの棒《ぼう》の中にかくれて、笠原《かさはら》さんの家にしのびこみ、そのじゅうたんに正一君《しょういちくん》をとじこめて、笠原さんの射撃《しゃげき》の的《まと》のうしろの砂山《すなやま》にうずめておくとは！　悪魔《あくま》でなければ、考えられない悪《わる》だくみです。

それを、たちまち気づいて、射撃をとめさせた明智探偵《あけちたんてい》の知恵《ちえ》は、たいしたものです。名探偵《めいたんてい》の名にはじぬ、じつにすばやいはたらきでした。

幽霊《ゆうれい》のように

それからというもの、笠原さんの西洋館《せいようかん》の警戒《けいかい》は、いっそう厳重《げんじゅう》になりました。サーカス団員《だんいん》だけでなくて警視庁《けいしちょう》の腕《うで》ききの刑事《けいじ》が三人ずつ、夜昼こうたいで、笠原邸《かさはらてい》につめることになったのです。

そうなると台所《だいどころ》のしごともふえるので、いままでのお手つだいさんのほかに、明智探偵《あけちたんてい》の紹介《しょうかい》で、ひとりの若《わか》いお手つだいさんが、住みこむことになりました。その新しいお手つだいさんは、まだ十五、六のかわいい少女でしたが、なかなかしっかりもので、じつによくはたらきます。しかし、このお手つだいさんには、へんなくせがありました。真夜中《まよなか》に、家の中を歩きまわるのです。だれにも気づかれないように、こっそりと歩きまわるのです。射撃場《しゃげきじょう》の事件《じけん》があってから五日ほどたった、ある真夜中のことです。少女のお手つだいさんは、またしても、自分の寝室《しんしつ》をぬけだして、二階《かい》の廊下《ろうか》をまるでどろぼうのように、足音をしのばせて歩いているのでした。

お手つだいさんは、廊下のまがり角にきたとき、ふと、立ちどまりました。かすかな音が聞こえたからです。廊下の角に身《み》をかくして、音のしたほうを、そっとのぞいてみました。

すると、うす暗《ぐら》い廊下のむこうから、へんなものが歩いてくるではありませんか。刑事《けいじ》さんが見まわりをしているのかと思いましたが、そうではありません。刑事さんが、あんなものすごい顔《かお》をしているはずがないのです。そいつは、ぴったり身についた黒いシャツを着《き》て、顔は、ああ、あの骸骨《がいこつ》とそっくりだったのです。

骸骨男《がいこつおとこ》です。またしても骸骨男は、厳重《げんじゅう》な戸じまりをくぐりぬけて、家の中へはいってきたのです。むろん、正一君《しょういちくん》かミヨ子ちゃんを、ねらっているのにちがいありません。お手つだいさんは、声をたててみんなをよぼうか、どうしようかと、考えているようでしたが、なにか決心《けっしん》したらしく、いきなり、まがり角から、ひょいととびだしました。そして、骸骨男《がいこつおとこ》の前に立ちふさがったのです。

この大胆《だいたん》なふるまいには、骸骨男のほうがおどろいてしまいました。もし、声でもたてられたら、一大事《いちだいじ》です。骸骨男は、アッと小さく叫《さけ》んで、いきなり逃《に》げだしました。

勇敢《ゆうかん》なお手つだいさんは、そのあとを追《お》っていきます。いったい、このお手つだいさんは、何者《なにもの》でしょう。どうして、こんな大胆なことができるのでしょう。少女に追っかけられているとわかると、骸骨男はいっそうあわてたようです。彼《かれ》は、すこし廊下《ろうか》を走ると、いきなりある部屋《へや》のドアをひらいて、その中に逃げこみました。

少女は、すぐにそのドアの前にかけつけたのですが、さすがに、ドアをひらくのをためらいました。骸骨男がドアの内側《うちがわ》に待ちかまえていて、とびかかってくるのではないかと思ったからです。

少女は、ソッとかぎ穴《あな》から、のぞいてみました。かぎ穴からは部屋《へや》の一部しか見えませんが、そこには、だれもいないのです。ドアのうしろに、かくれているようすもありません。

思いきって、ドアのとってをまわしてみました。かぎはかかっていません。そっとひらきました。一歩、部屋の中へはいりました。……部屋はからっぽでした。

その部屋《へや》は、だれも住んでいない空《あ》き部屋《べや》で、すみにベッドがおいてあるだけです。少女は、そのベッドのそばへいってクッションをたたいてみたり、ベッドの下をのぞいたりしましたが、どこにも人のすがたはありません。

窓《まど》には鉄格子《てつごうし》がはまっています。この部屋には戸棚《とだな》もありません。人のかくれる場所《ばしょ》はまったくないのです。

骸骨男《がいこつおとこ》が、この部屋へ逃《に》げこんだことはまちがいありません。それでいて、部屋の中にはだれもいないのです。幽霊《ゆうれい》のように消《き》えうせてしまったのです。

少女は、おおいそぎで二階《かい》をおり、懐中電灯《かいちゅうでんとう》を持って、裏口《うらぐち》から庭《にわ》へ出ていきました。

骸骨男が二階の窓から逃げたとすれば、その下の庭へおりたにちがいありません。そのすがたを見きわめようとしたのです。

しかし、庭にも、なんのあやしい人影《ひとかげ》もありません。すばやく逃げさってしまったのでしょうか。しかし、それなら、庭のやわらかい土の上に、足あとが残《のこ》っているはずです。

少女は、空き部屋の窓の下の地面《じめん》を、家のはしからはしまで、懐中電灯で照《て》らしながら、念《ねん》いりに見てまわりましたが、足あとは一つもありません。

笠原《かさはら》さんの家は一軒家《いっけんや》ですから、となりの屋根《やね》へとびうつって、逃げるというようなことはできません。また、空き部屋の側《がわ》は、一階のほうがすこし出ばっていて、せまい屋根がついているので、骸骨男《がいこつおとこ》は、むろん、その屋根《やね》から地面《じめん》へおりたはずです。

少女は、その屋根の側《がわ》の地面を、くまなくしらべたのです。しかも、そこには、足あとらしいものが、まったく残《のこ》っていなかったのです。

もしや、そのせまい屋根の上に身《み》をふせて、かくれているのではないかと、すこし遠くへいって、屋根の上を見わたしましたが、それらしい影《かげ》も見えません。夜ふけでも、空のうすあかりで、人がいるかいないかはよくわかるのです。

骸骨男は、やっぱり下におりて、逃《に》げさったとしか考えられません。しかも、やわらかい地面に、ひとつも足あとを残さないで逃げさったのです。

がんじょうな窓《まど》の鉄格子《てつごうし》をぬけだしたのも、じつにふしぎですが、すこしも足あとを残さないで、地面を歩いていったとすれば、これもふしぎです。

あいつは、やっぱり幽霊《ゆうれい》のように、地面に足をつけないで、ふわふわと空中をとんでいったのでしょうか。

少女は家の中にもどって、みんなにこのことを知らせましたので、大さわぎになりました。三人の刑事《けいじ》がさきに立って、二階の空き部屋をしらべましたが、壁《かべ》にも、天井《てんじょう》にも、床《ゆか》にも、ぬけ穴《あな》などないことがわかりました。窓《まど》の鉄格子《てつごうし》にも、異状《いじょう》はありません。

それから、みんなで懐中電灯《かいちゅうでんとう》をふり照《て》らしながら、庭《にわ》や塀《へい》の外をくまなくさがしましたが、骸骨男《がいこつおとこ》が逃《に》げさったらしいあとは、どこにも残《のこ》っていないのでした。

恐《おそ》ろしい夢《ゆめ》

それから二日めの、真夜中《まよなか》のことです。

正一少年《しょういちしょうねん》は、おとうさんの笠原《かさはら》さんと同じ部屋《へや》に、ベッドをならべてねむっていました。妹のミヨ子ちゃんは、まだ小さいのだから、もしものことがあってはと学校もやすませて、台東区《たいとうく》にある笠原さんのしんせきのうちへあずけてあるのです。ですから、寝室《しんしつ》には、ミヨ子ちゃんのすがたは見えません。

この寝室は、二日前骸骨男が逃げこんだ、あの二階《かい》の空《あ》き部屋《べや》のとなりにあるのです。

やっぱり、窓にはがんじょうな鉄格子《てつごうし》がはめてあります。

ドアの外の廊下《ろうか》には、刑事《けいじ》とサーカス団員《だんいん》が、長イスにこしかけて、がんばっています。

三人の刑事と、三人の団員がかわりあって、朝まで見はり番をつとめるのです。

これでは、骸骨男がしのびよるすきがありません。正一君《しょういちくん》は安全《あんぜん》です。たとえ見はりの目をかすめて、寝室にはいれたとしても、正一君のとなりのベッドには、力の強い笠原《かさはら》さんが寝《ね》ているのです。正一君を、むざむざ骸骨男の思うままにさせるはずがありません。

そのとき、正一君《しょういちくん》は、恐《おそ》ろしい夢《ゆめ》を見ていました。

うす暗《ぐら》い空から、豆《まめ》つぶのようなものが、いっぱいふってくるのです。それが、下へ落《お》ちてくるほど、だんだん大きくなってきます。ピンポンの球《たま》ぐらいの大きさの白いものが、たくさん正一君の頭の上に落ちてくるのです。

よく見ると、その白いものには、まっ黒な目と、三角の黒い鼻《はな》と、歯《は》をむきだした口がありました。骸骨《がいこつ》の首です。何十、何百ともしれぬ骸骨の首がふってくるのです。

正一君は、死《し》にものぐるいで逃《に》げだしました。しかし、いくら走っても骸骨の雨はやみません。どこまでいっても、空は骸骨でいっぱいなのです。

正一君は、走りつかれて、地面《じめん》にたおれてしまいました。その頭の上へ骸骨がふってくるのです。ピンポンの球が、ちゃわんほどの大きさになり、おぼんほどの大きさになり、スーッと目の前にせまってくるのです。

やがて、骸骨の顔《かお》は、目の前におおいかぶさるほどの大きさになりました。それにかくされて、ほかの骸骨はもう見えません。巨人《きょじん》のような、たった一つの骸骨の顔が、正一君をおしつぶさんばかりに近づいてきたのです。

正一君はキャーッと叫《さけ》びました。すると、骸骨の恐ろしい口がパクッとひらいて、いきなり、正一君の肩《かた》に食《く》いついてきたではありませんか。

「これ、正一《しょういち》、どうしたんだ。しっかりしなさい。」

おとうさんの笠原《かさはら》さんが、ベッドをおりて、うなされている正一君《しょういちくん》をおこしてくれたのです。

「こわい夢《ゆめ》でも見たのか。」

骸骨《がいこつ》に食《く》いつかれたと思ったのは、おとうさんが、正一君の肩《かた》をつかんで、ゆり動《うご》かしていたのです。

「ああ、ぼく、こわい夢見ちゃった。でも、もうだいじょうぶ。」

正一君が元気な声で答えましたので、おとうさんは、そのまま、寝室《しんしつ》のいっぽうにあるドアをひらいて、洗面室《せんめんしつ》へはいっていきました。

正一君は、おとうさんを安心《あんしん》させるために元気なことをいいましたが、ほんとうは、こわくてしょうがないのです。ねむれば、またこわい夢を見るのかと思うと、目をふさぐ気になれないのです。

「どうして、おとうさんは、こんなにおそいのだろう。なぜ、はやく洗面室から帰ってこないのだろう？」

正一君がふしぎに思っていますと、その洗面室の中で、どしんとものがたおれるような音がして、「ううん」という、うめき声が聞こえてきました。

正一君《しょういちくん》はギョッとして、ふとんの中にもぐりこみましたが、そのままましいんとして、なんの物音《ものおと》も聞こえません。

「どうしたんだろう。おとうさんが、洗面室《せんめんしつ》でたおれたのかしら。」

おずおず、ふとんから顔《かお》をだして、そのほうを見ました。

「アッ？」

正一君は、心臓《しんぞう》がのどまでとびあがってくるような気がしました。

あいつがいるのです。あの恐《おそ》ろしい骸骨男《がいこつおとこ》が、部屋《へや》のすみから、こちらへ歩いてくるのです。ぴったり身《み》についた、黒いシャツとズボン、黒い手ぶくろ、黒い靴下《くつした》、顔は、いま墓場《はかば》から出てきたような骸骨です。

正一君はベッドの上におきあがって、逃《に》げだそうとしましたが、逃げることができません。ヘビにみいられたカエルのように、じっと怪物《かいぶつ》の顔を見つめたまま、わき見ができないのです。声をたてることも、身動《みうご》きすることもできないのです。

「うふふふ……、こんどこそ、もう逃がさないぞ！　おれのすみ家《か》へ、いっしょにくるのだ！」

骸骨の長い歯《は》の口が、がくがくと動いて、そこからきみの悪《わる》い声が聞こえてきました。

それからどんなことがあったか？　正一君は、もう無我夢中《むがむちゅう》でした。

さっきの夢《ゆめ》のつづきのように、骸骨《がいこつ》の顔《かお》が、目の前いっぱいに近づいてきたのです。

正一君《しょういちくん》は、もう死《し》にものぐるいです。やっと声が出ました。

「キャーアッ……」と、つんざくようなひめいをあげました。そして、めちゃくちゃに手と足を動《うご》かして、抵抗《ていこう》しました。

しかし、骸骨男《がいこつおとこ》は鉄《てつ》のような腕《うで》で、正一君をベッドから引きずりおろし、床《ゆか》にころがして、その上に馬乗《うまの》りになると、まるめた布《ぬの》を口の中におしこみ、てぬぐいのようなもので、口のところをしばってしまいました。さるぐつわです。正一君は、もう声をたてることができません。

そうしておいて、骸骨男はどこからか、二本の細引《ほそび》きをとりだすと、正一君の手をうしろにまわしてしばりあげ、足もしばってしまいました。

正一君のからだが、スーッと宙《ちゅう》に浮《う》きあがりました。骸骨男がだきあげて、こわきにかかえたのです。そうして、どこかへつれていくのでしょうが、怪物《かいぶつ》は、いったいどうして、この寝室《しんしつ》から出るつもりなのでしょう。

ドアの外には、刑事《けいじ》とサーカス団員《だんいん》ががんばっています。窓《まど》には鉄格子《てつごうし》がはめてありま す。洗面室《せんめんしつ》は、寝室から出入りできるばかりで、ほかに出口はありません。いよいよ、骸骨男が魔法《まほう》をつかうときが来たのです。

それにしても、さきほど洗面室《せんめんしつ》へはいっていった笠原《かさはら》さんは、なにをしているのでしょう。なぜ、正一君《しょういちくん》を助《たす》けに来てくれないのでしょう。

しかし、笠原さんは、洗面室から出られないわけがあったのです。正一君がひどいめにあっていることは、よくわかっていても、助けにこられない、わけがあったのです。

空気の中へ

さっきの正一君のひめいは、むろん廊下《ろうか》まで聞こえました。そこの長イスにがんばっていた刑事《けいじ》とサーカス団員《だんいん》は、ハッとして立ちあがったのです。

刑事はつかつかとドアの前にいって、とってをまわしました。しかし、中からかぎがかかっていて、どうすることもできません。

あいかぎがあるのですが、それをどこかへおいて、骸骨男《がいこつおとこ》にぬすまれてはたいへんだというので、二つとも笠原さんが持っていました。寝室《しんしつ》の中から、ひらくことができますが、外からはぜったいに、あけられないのです。

「笠原さん、ここをあけてください。いまの叫《さけ》び声《ごえ》は、どうしたのです。なにかあったのですか。」

刑事《けいじ》が、大声でよびかけましたが、中からは、なんの返事《へんじ》もありません。しいんと、しずまりかえっています。

「おかしいな。ひょっとしたら……。」

「たしかに、あれは、正一《しょういち》さんの叫《さけ》び声《ごえ》でした。ぐずぐずしてはいられません。やぶりましょう！　このドアをやぶって、中へはいりましょう！」

サーカス団員《だんいん》が、息《いき》をはずませていいました。

「よし、それじゃ、ぼくがドアをやぶりますよ。」

刑事はそういったかとおもうと、廊下《ろうか》のはしまであとじさりして、いきおいをつけて、ドアにぶっつかっていきました。すると、恐《おそ》ろしい音がしましたが、ドアはびくともしません。ひじょうにがんじょうなドアです。

そのさわぎに、ほかの刑事や団員も、下からかけあがってきました。あのかわいらしいお手つだいさんも、そこへやってきました。みんな、真剣《しんけん》な顔《かお》つきです。骸骨男《がいこつおとこ》のことを考えているからです。あの幽霊《ゆうれい》のような骸骨男が、ふしぎな魔法《まほう》で寝室《しんしつ》の中へしのびこんだかもしれない。そして正一少年《しょういちしょうねん》をひどいめにあわせているのかもしれない、と思ったからです。

刑事は、二度《ど》、三度、ドアにぶつかっていきました。そのたびに、めりめりという音がして、三度めには、ドアの板《いた》がやぶれ、すこしすきまができました。そのすきまにむかって、また、ぶつかっていきます。だんだん穴《あな》が大きくなりました。そこへ手をかけて、力まかせに板をはがし、とうとう人間が出入りできるほどの穴をあけてしまいました。

刑事《けいじ》とサーカス団員《だんいん》たちは、ひとりひとり、その穴から寝室《しんしつ》の中へはいっていきました。

「オヤッ！　だれもいないじゃないか。」

寝室はからっぽになっていました。正一君《しょういちくん》も、おとうさんの笠原《かさはら》さんも、どこかへ消《き》えてしまって、二つのベッドの上には、毛布《もうふ》やふとんがみだれているばかりです。みんなは、ベッドの下や、たんすのうしろなどをさがしまわりました。しかし、どこにも人影《ひとかげ》はないのです。

刑事たちは、二つの窓《まど》をひらいて、鉄格子《てつごうし》をしらべましたが、かわったことはありません。ちゃんと、窓わくにとりつけてあります。そこからだれかが出ていったなどとは、どうしても考えられないのです。

あのかわいらしいお手つだいさんは、部屋《へや》のすみに立って、そのようすをながめていましたが、ハッとしたように、聞き耳をたてました。なんだか、みょうな音がしたからです。人のうなっているような音です。どうやら、洗面室《せんめんしつ》のドアの中からのようです。

お手つだいさんは、そのドアを、そっとひらいてみました。

「アラッ、たいへん！　こんなとこに、団長先生《だんちょうせんせい》が……」

団長先生とは笠原《かさはら》さんのことです。うちのものは、笠原さんをそうよんでいるのです。

みんなが、そこへ集《あつ》まってきました。

笠原さんは、パジャマの上から手足をぐるぐる巻《ま》きにしばられ、タオルでさるぐつわをはめられて、洗面台《せんめんだい》の下にたおれていました。そのさるぐつわの下から、うめき声をたてていたのが、お手つだいさんの耳にはいったのです。

みんなで、縄《なわ》とさるぐつわをときますと、笠原さんは、

「あいつは、どこにいます。つかまりましたか。」

といいながら、キョロキョロとあたりを見まわすのです。

「あいつって、だれです。だれかいたのですか。」

刑事《けいじ》のひとりがたずねました。

「骸骨《がいこつ》のやつです。わしがこの洗面室へはいったかとおもうと、あいつが、うしろから組みついてきたのです。あいつの腕《うで》は鉄《てつ》のように強くて、とてもかないません。またたくまに、しばられてしまいました。……しかし、正一《しょういち》は？　あいつは正一を盗《ぬす》みだしにきたにちがいないのだが、正一は、ぶじですか。どこにいます。」

「いや、それが……正一《しょういち》さんは、どこかへいなくなってしまったのです。むろん、骸骨男《がいこつおとこ》のすがたも見えません。」

「そんなばかなことはない。正一はちゃんと、むこうのベッドに寝《ね》ていたのです。それに、あんなひめいをあげたじゃありませんか。骸骨男に、ひどいめにあわされたのです。そのふたりが、消《き》えてなくなるなんて、そんなはずはない。ドアは、きみたちがやぶらなければならなかったほど、ちゃんとしまりがしてあった。窓《まど》には鉄格子《てつごうし》がはまっている。この部屋《へや》には、天井《てんじょう》にも、壁《かべ》にも、床《ゆか》にも、ぬけ穴《あな》なんて一つもない。骸骨男と正一は、いったいどうして出ていったのです？」

刑事《けいじ》が答えました。

「わたしたちも、それがわからないので、とほうにくれているのですよ。まるで、空気の中へとけこんでしまったとしか考えられません。」

それから、笠原《かさはら》さんもいっしょになって、みんなで、寝室《しんしつ》の中はもちろん、家じゅうの部屋、庭《にわ》から塀《へい》の外まで、くまなくしらべましたが、骸骨男がとおったらしいあとは、どこにもないのでした。それらしい足あとも、まったくありません。

怪人骸骨男《かいじんがいこつおとこ》は、またしても、みごとな魔法《まほう》をつかいました。完全《かんぜん》な密室《みっしつ》の空気の中へ、とけこんでしまったのです。

しかし、このお話は、怪談《かいだん》ではありません。骸骨男《がいこつおとこ》はおばけのように見えますが、この世《よ》におばけなんて、いるはずもないのですから、いくらふしぎに見えても、やっぱり人間のしわざにちがいないのです。

人間なれば、煙《けむり》のように消《き》えることは、できないはずです。これには、なにか思いもよらない秘密《ひみつ》のトリックがあるのです。ああ、それはいったい、どんな秘密なのでしょうか。

魔《ま》法《ほう》の種《たね》

正一君《しょういちくん》が、骸骨男といっしょに消えうせてしまったあくる日には、骸骨男の捜査本部《そうさほんぶ》が、警察署《けいさつしょ》におかれたので、お昼すぎには、笠原《かさはら》さんも刑事《けいじ》たちも、そのほうへ出かけ、笠原さんのお家には、るす番のほかはだれもいなくなってしまいました。

そのすきを見すまして、あの探偵《たんてい》ずきのかわいいお手つだいさんは、そっと二階《かい》にあがり、正一君がつれさられた寝室《しんしつ》にしのびこみました。そして、部屋《へや》の中をすみからすみまで見てまわったあとで、窓《まど》の鉄格子《てつごうし》を、とくべつ念《ねん》いりにしらべました。

鉄格子の下側《したがわ》のわくは、二本のボルトでとめてあることがわかりました。ボルトというのは、鉄《てつ》の棒《ぼう》のさきにねじがきってあって、そこへ、ナットという六角形の金物《かなもの》をはめて、スパナでしめつけるようになっているものです。

「へんだなあ。こんな鉄格子《てつごうし》のとめかたって見たことがないよ。」

お手つだいさんは、男の子のような声でひとりごとをいいながら、こんどは、鉄格子の上のほうをしらべていましたが、

「あッ、わかった!」

と叫《さけ》ぶと、いきなり寝室《しんしつ》をかけだし、どこからかスパナをさがしだして、もどってきました。そして、スパナを持った右手を、窓《まど》の鉄格子のすきまから外にだし、下側のわくをしめつけてある六角のナットのねじをもどして、二つのナットをはずしてしまいました。そして、両手《りょうて》を鉄格子にかけて、グッとおしてみますと、スーッとむこうへひらいていくではありませんか。鉄格子の上のほうが、ちょっと見たのではわからないような、ちょうつがいになっていて、鉄格子ぜんたいが、むこうへひらくのです。

鉄格子の右側《みぎがわ》のわくも、左側《ひだりがわ》のも、外から四つずつのナットでしめつけてあるように見えますが、それはにせもので、ただナットだけがとりつけてあって、ボルトはないのです。ですから、下側の二つのナットさえはずせば、鉄格子が、上のちょうつがいで、いくらでもむこうへひらくようになっているのです。

「これで、寝室《しんしつ》の謎《なぞ》がとけたぞ!」

お手つだいさんは、また、男の子の声でひとりごとをいいましたが、すぐに、となりの空《あ》き部屋《べや》へとんでいって、そこの窓《まど》の鉄格子《てつごうし》をしらべました。すると、そこにも同じしかけがしてあって、下側《したがわ》の二つのナットをはずせば、鉄格子がひらくようになっていました。

前の晩《ばん》に、骸骨男《がいこつおとこ》がこの部屋《へや》に逃《に》げこんで消《き》えてしまったのは、この鉄格子の外に出て、ナットをもとのようにしめておいて、一階《かい》とのあいだにあるせまい屋根《やね》の上にしゃがんで、かくれていたのでしょう。

そして、お手つだいさんが、懐中電灯《かいちゅうでんとう》で庭《にわ》の足あとをしらべたときには、また部屋の中にもどって、かくれていたのにちがいありません。

それから、正一君《しょういちくん》をつれさったときも、寝室のほうの鉄格子をひらいて逃げたのでしょうが、しかし、あのとき庭をしらべても、やっぱり足あとがなかったのは、なぜでしょう。このときは人がいっぱいいたので、もう一度《ど》寝室へもどるというようなことはできなかったはずです。

お手つだいさんは、そんなことを心の中で考えていましたが、どうも、ふにおちないところがあります。そこでふと思いついて、鉄格子から、窓の下の屋根へ出てみる気になりました。

庭《にわ》に面《めん》した側《がわ》だけ、一階のほうが出っぱっていて、そこに一メートルほどのはばの屋根が、ずっとつづいているのです。

お手つだいさんは、その屋根《やね》の上を、ネコのようによつんばいになって、となりの寝室《しんしつ》の窓《まど》のほうへはっていきましたが、ちょうど、こちらの空《あ》き部屋《べや》と寝室とのあいだの壁《かべ》の前で、みょうなことを発見《はっけん》しました。

そこの屋根が、はば五十センチ、長さ二メートルほど、ほかの屋根と色がちがっているのです。さわってみますと、そこだけかわらでなくて、鉄《てつ》の板《いた》でできているらしいのです。

見たところは、形《かたち》も色もかわらとそっくりですが、鉄の板をかわらをならべたような形にして、かわらと同じ色をぬったものだということがわかりました。

お手つだいさんは、その細長い鉄の板に手をかけて、ひっぱってみました。するとこれも、ちょうつがいになっていて、ふたのようにひらくのです。うすい鉄の板ですから、そんなに重《おも》くはありません。

「ああ、あいつは、ここにかくれていたのかもしれない。」

お手つだいさんは、鉄の板の下が、細長い空洞《くうどう》になっていて、人間が横《よこ》になってかくれられるのにちがいない、と思いました。

そこで、力をこめて、その鉄の板をグッとひらいたのですが、ひらいたかとおもうと、お手つだいさんは「アッ！」と声をたてて、そのまま身動《みうご》きできなくなってしまいました。

じつに、おどろくべきものを発見《はっけん》したのです。ああ、これは、どうしたことでしょう。その空洞《くうどう》の中には、手足をしばられ、さるぐつわをはめられたひとりの少年が、ぐったりとなって、横《よこ》たわっていたではありませんか。

それは正一君《しょういちくん》でした。骸骨男《がいこつおとこ》にさらわれたとばかり思っていた正一君が、こんなところにかくされていたのです。

いったい、これは、どうしたわけでしょうか？　骸骨男は、正一君をつれさったのではないのです。あいつは、前の晩《ばん》に空《あ》き部屋《べや》で消《き》えたときと同じように、家の中へ、もどったのでしょうか。するとどうしたのでしょうか。そうにちがいありません。庭《にわ》に足あとが残《のこ》っていなかったのが、なによりの証拠《しょうこ》です。

さあ、わからなくなってきました。骸骨男は、一度《ど》も外へ逃《に》げなかった。いつも家の中にもどって、どこかにかくれていた。しかしそれなら、あのおおぜいの人たちに見つからぬはずはありません。骸骨男はどうして、みんなの目をくらますことができたのでしょうか？

お手つだいさんは、屋根《やね》の空洞に横たわっている正一君を、助《たす》けだすこともわすれて、このふしぎな謎《なぞ》をとくために、いっしょうけんめいに考えました。目をつむり、全身《ぜんしん》の力を頭に集《あっ》めて、いっしんふらんに考えました。

そうして、考えているうちに、お手つだいさんの顔《かお》が、だんだん、青ざめてきたではありませんか。目はおびえたように、まんまるにひらき、口はすこしあいたままで、まるで人形《にんぎょう》のように、からだが動《うご》かなくなってしまったのです。

「ああ、恐《おそ》ろしい。そんなことがあっていいものだろうか。」

お手つだいさんは、ふるえ声でひとりごとをいいました。やっぱり男の子の声です。

「そうだ。きっとそうだ。よしッ、ためしてみよう。もし、そうだったとしたら……」

お手つだいさんはそういって、屋根《やね》の鉄《てつ》の板《いた》を、ソッとしめてしまいました。正一君《しょういちくん》を助《たす》けださないことに決心《けっしん》したのです。正一君には気のどくだけれども、ある恐《おそ》ろしい事実《じじつ》をたしかめるためには、このままにしておかなければならないと考えたのです。

そして、かわいいお手つだいさんは、まだ青ざめた顔のまま、部屋《へや》の中へもどり、鉄格子《てつごうし》のナットを、もとのとおりにしめてから、階段《かいだん》をおりていくのでした。

洞窟《どうくつ》の怪人《かいじん》

その日の夕方、笠原《かさはら》さんの家の玄関《げんかん》へ、大きなトランクをさげたひとりの男が、たずねてきました。

だぶだぶした背広《せびろ》を着《き》て、鳥打《とりう》ち帽《ぼう》をかぶり、鼻《はな》のひくい、目じりのさがった、口の大きなおどけたような顔《かお》の三十五、六の男です。

そのとき笠原《かさはら》さんは、捜査本部《そうさほんぶ》から帰って家にいましたので、玄関《げんかん》に出て、用向《ようむ》きをたずねますと、その男は、

「あっしは、旅《たび》まわりの腹話術師《ふくわじゅつし》です。親方《おやかた》のグランド・サーカスの余興《よきょう》に、つかっていただきたいと思いまして。腹話術は東京《とうきょう》の名人《めいじん》たちにも、ひけはとらないつもりです。ひとつ、ためしに、やらしてみていただけませんでしょうか。」

とたのむのでした。

「そうか。いま、家はとりこみちゅうだが、腹話術師はひとりほしいと思っていたところだ。あがってやってみるがいい。」

笠原さんは、そういって、腹話術師を応接間《おうせつま》へとおしました。

そして、家じゅうのものをそこへ集《あつ》めて、腹話術を見物《けんぶつ》することになったのです。

刑事《けいじ》さんたちは、もうこのうちにおりませんので、サーカス団員《だんいん》三人と、お手つだいさんたちとが見物人《けんぶつにん》です。

「おや、ひとりお手つだいさんがたりないね。ああ、あの新しくきた若《わか》いのがいない。どうしたんだね。」

笠原《かさはら》さんがたずねますと、いちばん年上のお手つだいさんが答えました。

「あの子は、お昼すぎに、まっ青《さお》な顔《かお》をして、からだのぐあいが悪《わる》いから、ちょっとうちへ帰らせてもらいますといって出ていったまま、まだ帰らないのでございます。」

「ああ、そうか。あの子は、なんだかへんな子だね。」

笠原さんはそういったまま、腹話術師《ふくわじゅつし》に、芸《げい》をはじめるように命《めい》じました。腹話術師は、持ってきた大トランクをひらいて、十歳《さい》ぐらいの子どもの大きさの人形《にんぎょう》を、二つとりだしました。一つは日本人の男の子、一つは黒人の男の子です。

その両方《りょうほう》をかわるがわるつかって、いろいろとおもしろい腹話術をやってみせるのでした。そして、ひととおり芸がおわると、

「うん、なかなかうまいもんだ。よろしい。きみをサーカスに入れることにしよう。その給金《きゅうきん》の話なんかもあるから、わしの居間《いま》へいって、ゆっくり相談《そうだん》しよう。さあ、こちらへきたまえ。」

笠原さんは、そういって、応接間《おうせつま》を出ていきます。腹話術師は二つの人形を大トランクにしまって、それをさげて、笠原さんのあとにつづきました。

それから三十分もたったでしょうか。腹話術師は、給金の話もつごうよくきまったとみえて、ニコニコしながら、玄関《げんかん》へ出てきました。そして、笠原さんに見おくられて、例《れい》の

大トランクをさげて、門の外へ立ちさりました。

門から五十メートルもいったところに、一台のりっぱな自動車《じどうしゃ》が待っていて、腹話術師《ふくわじゅつし》は、それに乗《の》りこみ、自動車は西のほうにむかって出発《しゅっぱつ》しました。

旅《たび》まわりの腹話術師が、こんなりっぱな自動車を待たせておくなんて、なんだかおかしいではありませんか。それほど、お金持ちのはずはないのです。

それよりも、もっとへんなのは、腹話術師が車に近づいてきたとき、自動車のうしろの荷物《にもつ》を入れる場所、これも大カバンと同じ名前でトランクというのですが、そのトランクのふたが、二センチほど持ちあげられて、そこから二つの目が、じっと外をのぞいていたことです。自動車のトランクの中に、何者《なにもの》かが、しのびこんでいるのでしょうか。

腹話術師は、それとも知らず、運転手《うんてんしゅ》にさしずをして、西へ西へと走らせました。

やがて京浜国道《けいひんこくどう》に出て、横浜《よこはま》をとおりすぎるころには、もうすっかり日がくれて、あたりはまっ暗《くら》になっていました。

それからまた、車は西へ西へと走りますが、だんだんさびしくなり、山道《やまみち》にさしかかってきました。ぐるぐるまわった、のぼり坂《ざか》です。どうやら、大山《おおやま》の入り口にさしかかったようすです。

笠原《かさはら》さんの家を出てから、三時間もたったころ、やっと自動車がとまりました。うっそうと木のしげった山の中です。いったい、腹話術師《ふくわじゅつし》はこんなところへきて、なにをするつもりなのでしょう。

彼《かれ》は、例《れい》の大トランクをさげて、自動車《じどうしゃ》をおりました。

「おい、きみ、懐中電灯《かいちゅうでんとう》を照《て》らして、さきに歩きたまえ。」

運転手《うんてんしゅ》にそう命令《めいれい》して、自分は大トランクを、「よっこらしょ」と、肩《かた》にかつぎました。よほど重《おも》いトランクのようです。

そして、懐中電灯の光をたよりに、ふたりは、森の中へわけいっていくのでした。

まっ暗《くら》な山道に、からっぽになった自動車が、とり残《のこ》されていました。が、ふたりのすがたが森の中へはいっていくと、その自動車のうしろのトランクのふたがスーッとひらいて、中からひとりの人間が出てきました。

十五、六歳《さい》の男の子です。その子どもが、自動車のヘッドライトの前を横《よこ》ぎるときに、ちらッと見えたのですが、顔《かお》はまっ黒で、髪《かみ》の毛はぼうぼうとのび、ぼろぼろの服《ふく》を着《き》たこじきのような少年です。

そのこじき少年も、腹話術師たちのあとを追《お》って、森の中へはいっていきました。

トランクをかついだ腹話術師と運転手が、ぐねぐねまがった森の中の細道を百メートルも進むと、そこに小さな炭《すみ》やき小屋《ごや》がたっていました。

小屋《こや》の中には、だれか人間がいるらしく、ぼんやりと石油《せきゆ》ランプの光が見えています。

腹話術師《ふくわじゅつし》はその小屋の前にくると、トランクをおろして小屋の板戸《いたど》を、とん、とんとん、とん、とんとんとんとん、とへんなちょうしをつけてたたきました。このたたきかたが暗号《あんごう》になっているのかもしれません。

すると中から、板戸がギーッとひらいて、もじゃもじゃ頭《あたま》にぶしょうひげをまっ黒にはやし、カーキ色のしごと服《ふく》を着《き》た、四十あまりの炭やきみたいな男が、ヌッと顔《かお》をだし、恐《おそ》ろしい目でこちらをじろじろと見るのでした。

「おれだよ。なかまだよ。ところで、やっこさんのようすはどうだね？」

腹話術師が、らんぼうな口をききました。

「ああ、おまえか。やっこさんは、あいかわらずよ。だまりこんで、考えごとをしている。もうひとところのように、あれなくなったよ。」

「めしは食《く》わしてるだろうな。」

「うん、そりゃあ、だいじょうぶだ。うえ死《じ》になんかさせやしないよ。」

「よし、それじゃあ、やっこさんに、おめにかかることにしよう。」

腹話術師は、そういって、また大トランクをかついで、小屋の中にはいりました。

小屋の中は三坪《つぼ》ほどのせまい部屋《へや》で、いっぽうの土間《どま》には、まきやしばがうずたかくつ

んであり、板《いた》の間《ま》にはうすべり*をしいて、そのまん中に、いろりがきってあります。そして、すすけた天井《てんじょう》から、つりランプがさがっているのです。

「じゃあ、いつものように、案内《あんない》したまえ。」

腹話術師《ふくわじゅつし》がいいますと、炭《すみ》やき男は部屋《へや》のすみへいって、うすべりをはがし、その下の板をとんとんとたたいて、グッと持ちあげました。そこが一メートル四方ほどのあげぶたになっているのです。

そのふたの下には、深《ふか》いほら穴《あな》があって、石をつんだ階段《かいだん》が見えています。

「きみ、やっぱり懐中電灯《かいちゅうでんとう》を照《て》らして、さきへおりてくれ。」

腹話術師は、運転手《うんてんしゅ》にそう命令《めいれい》して、自分はそのあとから大トランクをかついで、一段《だん》、一段と下へおりていくのでした。

石の階段を十二ほどおりると、こんどは、横穴《よこあな》になっていました。立って歩けるほどのトンネルです。そこをすこしいくと、正面《しょうめん》にがんじょうな板戸《いたど》がしまり、大きな錠《じょう》でしまりができていました。

かぎでその錠をひらきますと、そのむこうにまっ暗《くら》な部屋があり、なにか、かすかに動《うご》いているようです。

運転手《うんてんしゅ》が、そこへ、パッと懐中電灯の光をむけました。

＊　布のふちをつけたござ

その光の中にあらわれた人間！　これが人間といえるでしょうか。髪《かみ》もひげものびほうだいにのびて、そのあいだから、まっ青《さお》なやせおとろえた老人《ろうじん》の顔《かお》がのぞいています。ぼろぼろになった服《ふく》の胸《むね》がはだけて、あばらぼねがすいて見え、まるで骸骨《がいこつ》のようです。

ああ、このあわれな老人は、何者《なにもの》でしょう？　また、あやしい腹話術師《ふくわじゅつし》の正体《しょうたい》は？　彼《かれ》の大トランクの中にはいっているのは、はたして人形《にんぎょう》ばかりだったでしょうか？

こじき少年

自動車《じどうしゃ》のトランクの中からはいだしたこじきのような少年は、腹話術師たちのあとをつけました。そして、ふたりが炭《すみ》やき小屋《ごや》にはいったのを見とどけると、その小屋の窓《まど》の外に、からだをくっつけて、戸のすきまから、じっと小屋の中をのぞいていました。

腹話術師と運転手《うんてんしゅ》が、小屋の床板《ゆかいた》をはずして、地《ち》の底《そこ》へおりていくのが見えました。この小屋には地下室があるのです。こじき少年はそれを見ると、しばらく考えていましたが、やがて、なにを思ったのか、小屋の入り口の板戸《いたど》の前までいって、外から、とんとん、とん、とたたきました。

「だれだッ、戸をたたくやつは？」

中から、炭《すみ》やき男の太い声がどなりました。

こじき少年は、くすくす笑《わら》いながら、ひとことものをいわないで、また、だん、だん、だん、だんと、こんどは、もっとはげしく戸をたたくのでした。

「だれだッ！　うるさいやつだな。いまごろ、なんの用があるんだ。まて、まて、いまあけてやるから……」

男の声が戸口に近づいて、板戸《いたど》がガラッとひらかれました。

「オヤッ、へんだな。だれもいないじゃないか。おい、いま戸をたたいた人、どこにいるんだ？」

男は、暗《くら》がりの外を見まわしながら、ふしぎそうにいいました。

しばらくまっても、だれも出てこないので、男は戸をしめて、小屋《こや》の中へもどりましたが、すると、またしても、だん、だん、だんと、恐《おそ》ろしい力で戸をたたくものがあるのです。

「ちくしょう。うるさいやつだ。さては、いたずらだな。タヌキのやつめ、人間をからかいにきやあがったな。よし、ひっつかまえてくれるから、待っていろ！」

ガラッと戸がひらいて、ひげむじゃの炭やき男が、外へとびだしてきました。むこうの木のしげみの中で、がさがさという音がしています。男は腕《うで》まくりをして、そのほうへかけだしました。

そのすきに、小屋《こや》の横《よこ》にかくれて、長い糸でむこうの木の枝《えだ》をゆすっていたこじき少年が、糸をはなして、こっそり戸口からすべりこみ、さっきのぞいておいた床《ゆか》のあげぶたのところへいくと、それをあげて、すばやく地下室へすがたをかくしてしまいました。

「やっぱり、タヌキのやつだ。どっかへ逃《に》げてしまやあがった。いたずらタヌキにも、こまったものだな。」

男は、ぶつぶついいながら小屋へもどってきましたが、あげぶたは、もとのとおりにしまっているので、こじき少年が地下室へおりていったことは、すこしも気づきません。そのまま、いろりのそばにあぐらをかいて、たばこをふかしはじめました。

こじき少年は、足音をたてないように注意《ちゅうい》して、地下室の階段《かいだん》をおり、つきあたりの戸のそばに立って、耳をすましました。

すると、戸のむこうから、腹話術師《ふくわじゅつし》らしい声が聞こえてくるのです。

「笠原《かさはら》さん、おもしろいおみやげを持ってきたぜ。いま、このトランクからだして、見せてやるからな。」

オヤッ！　笠原さんが、いつのまに、こんな山の中へきているのでしょう？　少年はふしぎに思って、板戸《いたど》のすきまから中をのぞいてみました。がんじょうな板戸ですが、たてつけが悪《わる》くて、細《ほそ》いすきまができているのです。

のぞいてみると、そこには、じつに異様《いよう》な光景《こうけい》がくりひろげられていました。

正面《しょうめん》にすわっているのは、やせおとろえた老人《ろうじん》でした。しらがまじりの髪《かみ》の毛は、クシャクシャとみだれ、口ひげも、ほおひげも、のびほうだいにのびて、まるでながわずらいの病人《びょうにん》のようです。

よく太った腹話術師《ふくわじゅつし》が、その老人の前に大トランクをおいて、いま、ひらこうとしているところです。いっぽうのすみには運転手《うんてんしゅ》が立って、懐中電灯《かいちゅうでんとう》でトランクを照《て》らしています。笠原《かさはら》さんのすがたは、どこにも見えません。

少年は胸《むね》をどきどきさせて、すき見をつづけました。

「さあ、これがおみやげだッ！」

腹話術師が、パッとトランクのふたをひらきました。アッ！　トランクの中にはひとりの少年が、きゅうくつそうに足をまげて、とじこめられているではありませんか。

腹話術師は、その少年をだきあげてトランクからだし、老人の前のコンクリートの床《ゆか》にほうりだしました。

少年は手と足をしばられ、口にはさるぐつわをはめられています。

「アッ！　笠原正一君《かさはらしょういちくん》だッ！」

こじき少年が、思わずつぶやきました。

こじき少年よりも、もっとおどろいたのは、やせおとろえた老人《ろうじん》です。老人はよろよろと立ちあがって、そこにころがされている少年のそばによりました。

「おお、おまえは正一《しょういち》ではないか。ああ、わしばかりでなく、おまえまでがこんなめにあわされるとは！　悪人《あくにん》！　悪人！　きさまはなぜ、わしたちをこんなに苦《くる》しめるのだッ？　そのわけをいえ。さあ、そのわけをいってくれ！」

老人は、せいいっぱいのしわがれ声をふりしぼって、叫《さけ》ぶのでした。

「それはおまえさんの心に聞いてみるがいい。おれは、あの人の部下《ぶか》だから、くわしいことは知らない。あの人は、おまえさんに、よっぽどのうらみがあるらしいよ。」

腹話術師《ふくわじゅつし》が、そっけなく答えました。「あの人」とは、いったいだれのことでしょう。

「わしには、それがまったくわからないのだ。おまえたちの親分《おやぶん》は、いったい何者《なにもの》だ。わしにはすこしも心あたりがない。わしを、こんなところへとじこめておいて、グランド・サーカスの団長《だんちょう》になりすました男が、何者だかまったくわからないのだ。そのうえ、こんどはわしの子どもまで、こんなひどいめにあわせるとは……」

「べつに、ひどいめにあわせたわけじゃない。おまえさんと、親子《おやこ》いっしょに住ませてやるために、この子をここへつれてきたんだよ。そのうちに、妹のミヨ子も、ここへつれてきてやるよ。ハハハハ……」

腹話術師《ふくわじゅつし》は、相手《あいて》をばかにしたような笑《わら》い声《ごえ》をたてるのでした。

それをじっとのぞいていたこじき少年は、なんともいえない、ふしぎな気持ちがしました。いったい、これはどういうわけなのでしょう。このやせおとろえた老人《ろうじん》が、ほんとうの笠原団長《かさはらだんちょう》で、あのもうひとりの笠原さんは、にせものだとでもいうのでしょうか。

骸骨男《がいこつおとこ》の正体《しょうたい》

このあと、地下室でどんなことがおこったか。それは、のちにわかるのですから、お話をとばして、それから三日めのできごとにうつります。その三日めの午後でした。笠原団長の西洋館《せいようかん》へ、名探偵明智小五郎《めいたんていあけちこごろう》がたずねてきました。

明智は骸骨男《がいこつおとこ》のことで、お話ししたいことがあるというので、笠原さんは、ていねいに応接室《おうせつしつ》にとおしました。ふたりがテーブルをはさんでイスにかけますと、そこへお手つだいさんが、コーヒーをはこんでくるのでした。

「明智さん、あなたがおせわくださった若《わか》いお手つだいさんが、三日ばかり前、からだのぐあいが悪《わる》いといって、うちへ帰ったままもどってきませんので、きのうも、あなたの事《じ》務所《むしょ》へお電話したのですが、ひどくぐあいが悪《わる》いのでしょうか。」

笠原《かさはら》さんが、心配《しんぱい》そうな顔《かお》でたずねました。

「いや、これには、ちょっとわけがあるのですよ。あの子は、べつに病気《びょうき》ではありません。しかし、もう二度《ど》と、ここへは帰ってこないでしょう。」

明智《あけち》が、みょうなことをいいました。

「エッ？ それはどういうわけですか。」

笠原さんは、へんな顔をして聞きかえします。

「あとでお話ししますよ。それよりも、きょうはおもしろいものを持ってきましたから、まずそれをおめにかけましょう。」

明智はそういって、持ってきたふろしきづつみをとくと、中からびっくりするようなものをとりだしました。

「アッ、それは……。」

「骸骨男《がいこつおとこ》のかぶっていたどくろ仮面《かめん》です。わたしは、とうとう、これを手に入れました。いや、そればかりではありません。骸骨男の秘密《ひみつ》が、すっかり、わかってしまったのです。」

といって明智探偵《あけちたんてい》は、笠原さんの顔を、じっと見つめました。

「エッ、骸骨男《がいこつおとこ》の秘密《ひみつ》が……」

笠原《かさはら》さんは、おどろきのあまりイスから立ちあがりそうにしました。なんだか、顔《かお》の色がかわっているようです。

明智《あけち》は、骸骨の頭をテーブルの上において、説明《せつめい》をはじめました。

「あいつは、これをかぶって、みんなをこわがらせていたのです。ほら、こうして、かぶるのですよ。」

明智は、骸骨の頭を両手《りょうて》で持って、自分の頭へすっぽりとかぶせました。すると、まるで明智が、とつぜんおそろしい骸骨男になったように見えるのでした。

「こういうふうに、ばけていたのですよ。ほんとうに、骸骨の顔を持った男がいたわけではありません。頭からかぶるのですから、この骸骨は人間の顔より、ずっと大きいのです。それで、いっそう恐《おそ》ろしく見えたのです。むろん、こしらえたものです。」

笠原さんは、それを聞いてもべつにおどろくようすもなく、腕組《うでぐ》みをして、じっと目をつぶって、まるでねむってでもいるように見えるのでした。明智は話しつづけます。

「骸骨男は、サーカスのテントの中でも、大型《おおがた》バスの中でも、またこの家でも、たびたび、煙《けむり》のように消《き》えうせましたね。その秘密は、このどくろ仮面《かめん》にあったのです。どこかへ、ちょっとかくれて、どくろ仮面をぬいでしまえば、まったくべつの人になれるのですからね。

そのとき、べつの洋服《ようふく》を用意《ようい》しておいて、着《き》かえてしまえば、いっそうわからなくなります。犯人《はんにん》はきっと、べつの服装《ふくそう》を用意しておいたのですよ。

まず、この家の二階《かい》の部屋《へや》から、骸骨男《がいこつおとこ》が消《き》えうせた秘密《ひみつ》、二度《ど》めには、骸骨男と正一《しょういち》君《くん》とが消えてしまった秘密を、お話ししましょう。その秘密は、わたしの少年助手《しょうねんじょしゅ》の小林《こばやし》君《くん》が発見《はっけん》したのですよ。あなたにもお知らせしないで、わたしは小林君を、ここへお手つだいさんとして住みこませたのです。」

「エッ、小林君が？」

笠原《かさはら》さんは、つむっていた目をひらいて、ふしぎそうに聞きかえしました。

「小林君が女の子に変装《へんそう》したのです。そして、この家のお手つだいさんになって、いろいろと、さぐりだしたのです。」

明智《あけち》はここで、二階《かい》の窓《まど》の鉄格子《てつごうし》が、ちょうつがいでひらくようになっていること、屋《や》根《ね》にかくれ場所《ばしょ》ができていることなど、お手つだいさんにばけた小林少年《こばやししょうねん》の発見《はっけん》した秘密を、くわしく話して聞かせました。

「ところが、そういうしかけがあったにしても、どうしてもわからない謎《なぞ》が、ひとつ残《のこ》るのです。屋根のかくれ場所は、人間ひとりしかはいれません。正一君《しょういちくん》をそこへかくすと、骸骨男《がいこつおとこ》のかくれ場所《ばしょ》がなくなってしまうのです。庭《にわ》におりなかったことは、足あとがないので、はっきりしています。骸骨男は、いったい、どこへ、かくれてしまったのでしょう？

あのとき刑事《けいじ》たちが、家の中は、すみからすみまでしらべました。しかしあやしいやつは、ひとりもいなかったのです。これはいったい、どうしたわけでしょう。そこに恐《おそ》ろしい秘密《ひみつ》があったのですよ。」

明智《あけち》はここでことばをきって、笠原《かさはら》さんの顔《かお》を見つめました。笠原さんはつぶっていた目を、パッとひらいて、明智の顔を見ながら、なぜかにやにやと笑《わら》うのでした。

「で、その秘密が、やっとおわかりになったのですね。」

「そうです。秘密いじょうのことがわかりました。笠原さん、犯人《はんにん》はいつでも、みんなの目の前にいたのです。それでいて、だれもその人をうたがわなかったのです。

なぜ、うたがわなかったかというと、その男は、犯人にねらわれている被害者《ひがいしゃ》だとばかり、みんなが思いこんでいたからです。

グランド・サーカスは、あんなにたびたび骸骨男があらわれたので、客《きゃく》がこなくなってしまいました。そのため、いちばんそんをするのは、笠原さん、あなたでした。

骸骨男は正一君《しょういちくん》をねらいました。その正一君は、あなたの子どもです。ここでも、いちばん苦《くる》しむのは、あなただったのです。

そのあなたが、どくろ仮面《かめん》をかぶり、骸骨男《がいこつおとこ》にばけていたなんて、だれも、考えつかないことでした。そこに、あなたの恐《おそ》ろしい秘密《ひみつ》があったのです。

いつか、大型《おおがた》バスの中から骸骨男が消《き》えたのも、バスの床《ゆか》にかくし戸がついていたというのはごまかしで、じつは、きみが、ひとりしばいをやって、とっくみあっているように見せかけたのです。きみと骸骨男とは、ひとりなんだから、とっくみあえるはずがありませんからね。

この秘密をといたのも、小林君《こばやしくん》でした。三日前、あなたの部下《ぶか》の腹話術師《ふくわじゅつし》が、正一君《しょういちくん》をかくしたトランクを自動車《じどうしゃ》に乗《の》せて、大山《おおやま》の山中の炭《すみ》やき小屋《ごや》へいったとき、小林君は、こじき少年に変装《へんそう》して、あの自動車のうしろの荷物《にもつ》を入れるトランクの中に、かくれていたのですよ。そして、炭やき小屋の地下室に、だれがとじこめられているかということを、すっかりさぐりだしてしまいました。

笠原《かさはら》さん、もう警察《けいさつ》にもわかってしまったのです。あなたの部下の腹話術師と、運転手《うんてんしゅ》と、炭やきにばけた男はとらえられ、地下室にとじこめられていた、ほんとうの笠原さんと正一君は助《たす》けだされました。

おっと、ピストルなら、こっちのほうがはやいですよ。それに、きみは人を殺《ころ》すのは、きらいなはずだったじゃありませんか。」

明智《あけち》は、すばやく、ポケットから小型《こがた》の黒いピストルをだして、膝《ひざ》の上で笠原《かさはら》のほうにむけました。

笠原は、追《お》いつめられたけだもののような顔《かお》で、じっと明智をにらみかえしていました。ピストルをだそうとしたら、先手《せんて》をうたれたので、ポケットに入れた手を、そのままにして、ぶきみな笑《わら》い声《ごえ》をたてました。

「ウフフフ……、さすがは名探偵《めいたんてい》だねえ。よくもそこまで、しらべがとどいた。それにしても、小林《こばやし》というチンピラは、じつにすばしっこいやつだ。おれも、あの子どもがお手つだいさんにばけているとは、すこしも気がつかなかったよ。

ところで、明智君《あけちくん》。おれを、どうしようというのだね。証拠《しょうこ》がなくては、どうすることもできないじゃないか。」

笠原は、ふてぶてしく、そらうそぶいて見せるのでした。

「証拠なら、おめにかけよう。ちょっとお手つだいさんをよんでくれたまえ。」

お手つだいさんがくると、明智は、玄関《げんかん》の外に待っている人を、よびいれてくるようにたのみました。しばらくして、お手つだいさんの案内《あんない》で、ひとりの老人《ろうじん》が応接室《おうせつしつ》へはいってきました。ちゃんとした新しい背広《せびろ》を着《き》ていますが、やせおとろえた顔は、あの地下室にとじこめられていた老人《ろうじん》にちがいありません。

老人は一年間、あの地下室にとじこめられていたので、すっかりやせおとろえ、年寄《としよ》りのように見えますが、じつは、ここにいる笠原《かさはら》と同じくらいの年ごろで、もとはよく太っていたのです。

「笠原君《かさはらくん》、そこへこられたのが、グランド・サーカスのほんとうの持ち主《ぬし》の笠原太郎《かさはらたろう》さんだよ。そちらの笠原さん。一年のあいだ、あなたにばけていたのは、この男です。」

明智《あけち》が、奇妙《きみょう》な紹介《しょうかい》をしました。

ほんとうの笠原さんは、つかつかとテーブルのそばに近より、にせの笠原は、すっくとイスから立ちあがって、まっ正面《しょうめん》からにらみあいました。たっぷり二分間ほど、ふたりとも、まっ青《さお》になって、からだをぶるぶるふるわせながら、にらみあっていました。

「ああ、明智さん、わしには思いだせません。十五年前の遠藤平吉《えんどうへいきち》は、こんな顔《かお》ではなかった。しかし、こいつは変装《へんそう》の名人《めいじん》だから、どんな顔にでもなれるのでしょう。いまのこいつの顔は、一年前のわしと、そっくりです。」

ほんとうの笠原さんが、しわがれ声でいうのです。

「わしは、きのう、明智さんにいろいろ話を聞いているうちに、やっと思いだした。わしをこんなにひどいめにあわせるやつは、遠藤平吉のほかにはない。遠藤とわしとは、青年《せいねん》時代《じだい》に、グランド・サーカスの曲芸師《きょくげいし》だった。ところが、わしが、そのグランド・サーカス団長《だんちょう》の二代目《だいめ》をゆずられたので、遠藤《えんどう》はひどくわしをうらんで、サーカスをとびだしてしまった。

いや、それればかりではない。わしは三年前に、遠藤が悪《わる》いことをして、警察《けいさつ》につかまったときに、証人《しょうにん》になって、こいつがやったにちがいないと申《もう》したてたことがある。遠藤は、それをまたうらんだ。それで、こいつは、わしをほろぼしてしまおうとしたのだ。わしばかりではない、わしの子どもまでひどいめにあわせて、わしを苦《くる》しめたのだ。」

ほんとうの笠原《かさはら》さんは、そこまでいっきにしゃべって、ちょっと口をつぐむと、かわって明智《あけち》が立ちあがりました。

「きみの本名《ほんみょう》が遠藤平吉《えんどうへいきち》ということは、ぼくも三年前に聞いた。

しかし、いまのきみには、かぞえきれないほど名前がある。顔《かお》も、そのときどきに、まったくちがってしまう。

きみは二十の顔《かお》を、いや、四十の顔を持っているのだッ!」

そういって、明智探偵《あけちたんてい》は、まっこうからにせ笠原の顔に、人《ひと》さし指《ゆび》をつきつけました。

「おい、二十面相《めんそう》! それとも四十面相とよんだほうが、お気にいるかね。いずれにしても、とうとう、きみの運《うん》のつきがきたのだ。この家のまわりは、二十人の警官《けいかん》にとりかこまれている。きみはぜったいに、逃《に》げだすことができないのだ！」

名探偵《めいたんてい》と二十面相《めんそう》

「きみは笠原《かさはら》さんに深《ふか》いうらみがあったので、グランド・サーカスが、いちばんさかんになったときを見すまして、いよいよ、復讐《ふくしゅう》をはじめたのだ。しかし、きみの目的《もくてき》は、そればかりじゃなかったね。」

明智探偵《あけちたんてい》が、こわい顔《かお》で、二十面相をにらみつけました。すると二十面相は、ふてぶてしく笑《わら》いながら、

「アハハハハ……、もちろんだよ。おれの目的は、ほかにあった。おれには、笠原よりもにくいやつがいる。だれだと思うね。いうまでもない、きみだよ。明智小五郎《あけちこごろう》だよ。」

笑《わら》い顔《がお》がパッとかわって、恐《おそ》ろしい表情《ひょうじょう》になりました。二十面相は、ぎりぎり歯《は》ぎしりをしているのです。

「おれはきみのために、かぞえきれないほど、ひどいめにあっている。いつでも、きみがじゃまをするのだ。そして、おれは牢屋《ろうや》につながれる。だがね、明智君《あけちくん》、おれには牢屋の鉄格子《てつごうし》なんか、ないも同然《どうぜん》だ。ゆうゆうと牢屋をぬけだすのだ。なんのためだと思うね？

ほかでもない、きみに復讐《ふくしゅう》がしたいからさ。きみをアッといわせて、かぶとをぬがせてやりたいからさ。

わかったかね、明智君《あけちくん》。こんどの骸骨男《がいこつおとこ》も、ほんとうはきみが相手《あいて》だった。むろんおれは、人殺《ひとごろ》しはきらいだ。あの射撃場《しゃげきじょう》の事件《じけん》でも、ほんとうに正一《しょういち》を殺《ころ》す気はなかった。きみに腕《うで》だめしをさせてやったのさ。

もし、きみがぼんくらで、あのときおれをとめにこなかったら、おれはわざとねらいをはずして撃《う》つつもりだったよ。ウフフフフ……、それとも知らないで、きみは、あわてふためいて、射撃場へやってきたね。」

それを聞いて、明智はニコニコと笑《わら》いました。

「そうだったのか。それほどきみは、ぼくと知恵《ちえ》くらべがやりたいのだね。そんなら、知恵くらべは、いまだよ。きみはここから、逃《に》げられるかね？　逃げる知恵があるかね？

この部屋《へや》には、ぼくと笠原《かさはら》さんがいる。きみはひとりだ。それにこれを見たまえ、ぼくは、ちゃんとピストルを持っている。そして、この家のまわりは、二十人の警官《けいかん》がとりまいているのだ。いや、それればかりじゃない。ぼくのほうには、もっとおくの手がある。どんなおくの手だかは、いまはいえないがね。

どうだ、きみの知恵で、このかこみをやぶって、逃げだすことができるかね？」

＊こうさんする

「ウフフフフ……、おい、明智君《あけちくん》、きみは勝《か》ちほこったような顔《かお》をしているね。だが、だいじょうぶかい？　きみのほうにおくの手があれば、おれにだっておくの手がないはずはないよ。たとえば、この西洋館《せいようかん》だ。きみたちは、事件《じけん》がおこってから、いそいでこのうちを買ったと思っているだろうが、そうじゃない。ここはずっと前から、おれのかくれ家《が》のひとつなんだ。でなければ、二階《かい》の窓《まど》の鉄格子《てつごうし》が、ちょうつがいでひらいたり、屋根《やね》に人間のかくれる穴《あな》があったりするはずがないじゃないか。

ウフフフフ……、どうやら、すこしばかりきみが悪《わる》くなってきたらしいね。そうだよ。この家には、どんなしかけがあるかわからないのだよ。用心したまえ。おい、明智君、なんだか顔色《かおいろ》がよくないじゃないか。」

二十面相《めんそう》は、あくまで人をくっています。

しかし、明智はへいきなものです。明智のほうでは、二十面相の秘密《ひみつ》をすっかり知っているからです。

「で、その秘密のしかけをつかって、逃げるというのかね。ハハハハハ……、まあ、やってみるがいい。」

「え？　やってもいいのかね。」

「いいとも、やってみたまえ。」

「よしッ、それじゃ、こうだッ！」

二十面相《めんそう》が立ちあがって、パッと、二、三歩うしろにさがったかとおもうと、カタンと音がして、たちまち、そのすがたが消《き》えうせてしまいました。

いや、消えうせたのではありません。応接室《おうせつしつ》の床《ゆか》に落《お》としぶたがあって、それがひらき、二十面相のからだは、地下室へ落ちていったのです。

それを見ると、明智探偵《あけちたんてい》は窓《まど》のそばへとんでいって、持っていたピストルを空にむけて、ダーンと発射《はっしゃ》しました。なにかのあいずです。

袋《ふくろ》のネズミ

明智探偵が、落としぶたのところへひきかえすと、ばねじかけのふたは、もとのとおりにしまっていました。

「明智先生《あけちせんせい》、どうしてもあきません。下からかぎをかけたのでしょうか。」

ほんものの笠原《かさはら》さんが、そこにしゃがんで、両手《りょうて》の指《ゆび》で落としぶたをひらこうと、ほねおっていました。

「いや、そうじゃない。ボタンをおせばいいのです。どこかに、小さな押《お》しボタンがあるはずです。」

明智はそういって、しきりにそのへんをさがしていましたが、テーブルの下の床《ゆか》に、そのボタンがあるのを発見《はっけん》して、グッとスリッパでふみつけました。

すると、カタンと音がして、落《お》としぶたがひらき、そこに、まっ暗《くら》な四角い穴《あな》がひらきました。

そのとき廊下《ろうか》に、どやどやと足音がして、五人の警官《けいかん》がかけつけてきました。まっさきに、明智探偵《あけちたんてい》の心やすい警視庁《けいしちょう》の中村警部《なかむらけいぶ》の顔《かお》が見えました。

「ピストルのあいずがあったので、やってきた。アッ！ やっぱり地下道へ逃《に》げたな！」

「そうだ。きみたちも、いっしょにきてくれたまえ。……アッ、そうだ。ひとりだけ、ここに、番をしているほうがいい。入れちがいに逃げられては、こまるからね。」

いったかとおもうと、明智はいきなり、まっ暗な四角い穴の中へとびこんでいきました。穴の下には、はしごもなにもないので、穴のふちにぶらさがって、パッととびおりるほかはないのです。

中村警部は、ひとりの警官をそこに残《のこ》し、あとの三人といっしょに、つづいて地下道にとびおりました。みなピストルをとりだして、いざといえば発射《はっしゃ》する用意《ようい》をしています。

そのとき、まっ暗な地下道に、ひとすじの青白い光が、パッとひらめきました。明智が懐中電灯《かいちゅうでんとう》をつけたのです。

その光で見ると、地下道はトンネルのように、ずっとむこうまでつづいています。そのむこうのまがり角へ、チラッと人影《ひとかげ》がかくれました。二十面相《めんそう》が逃《に》げていくのです。

「二十面相、待てッ！」

中村警部《なかむらけいぶ》のどら声《ごえ》が、地下道にこだまして、ものすごくひびきました。

明智《あけち》の懐中電灯をたよりに、みんなはトンネルのまがり角までかけつけました。むこうを、二十面相が逃げていくのが見えます。

二十面相は、走りに走って、とうとうトンネルのいきどまりまできました。そこに鉄《てつ》のとびらがしまっています。二十面相は、ポケットからかぎをとりだして、そのとびらをひらきました。

ここさえ出れば、草ぼうぼうの原っぱです。どちらへでも逃げられます。

ところが、そのとびらをひらいたかとおもうと、二十面相は、「アッ！」といって立ちすくみ、いきなり、うしろへ走りだしました。

どうしたのでしょう。うしろには明智と四人の警官《けいかん》が、待ちかまえているではありませんか。

いや、逃げだしたはずです。その鉄のとびらのむこうには、ここにも五人の警官が待ちかまえていて、とびらがひらくと、ドッとトンネルの中へなだれこんできたからです。

トンネルは一本道です。前からも、うしろからも警官隊《けいかんたい》です。どこにも逃《に》げるところはありません。二十面相《めんそう》はとうとう、袋《ふくろ》のネズミになってしまいました。

もうだいじょうぶです。しかし、相手《あいて》には、まだ、どんなおくの手があるかもわかりません。けっして、ゆだんはできないのです。

警官たちは、トンネルの両方《りょうほう》から、そのまん中にいる二十面相を、じりじりとはさみうちにしていきました。

オヤッ、どうしたのでしょう。いくら懐中電灯《かいちゅうでんとう》で照《て》らしても、二十面相のすがたが見えません。トンネルには、どこかに枝道《えだみち》でもあるのではないでしょうか。

「アッ、ここにいた。つかまえたぞッ！」

どなり声《ごえ》が、トンネルの空洞《くうどう》にこだましました。

「どこだッ？」

「ここだ、ここだ。」

声をたよりに、明智《あけち》が懐中電灯を照らしながら近づいていきますと、とつぜん、パッと、だれだかの手が、懐中電灯をたたき落《お》としました。そのひょうしに、光が消《き》えてしまって、あたりは、真《しん》の闇《やみ》になりました。警官隊は、ひとりも懐中電灯を用意《ようい》していなかったので、もうどうすることもできません。

闇《やみ》の中で、恐《おそ》ろしい混乱《こんらん》がおこりました。

「おいッ、なにをするんだ。ぼくだよ、ぼくだよ。味方《みかた》だよ。」

警官《けいかん》の声です。味方《みかた》どうしが、とっくみあっているのです。

「おいっ、みんな、入り口をかためろ！　闇にまぎれて、逃《に》げられるかもしれんぞッ。」

中村警部《なかむらけいぶ》がどなりました。

「だいじょうぶです。入り口の外には、ぼくらの仲間《なかま》をふたり残《のこ》しておきました。ちゃんと見はっていますよ。」

警官のひとりが答えました。

「だれか、懐中電灯《かいちゅうでんとう》を持ってきたまえ。こんなに暗《くら》くては、どうすることもできない。」

中村警部の声に、ひとりの警官が、鉄《てつ》のとびらのほうへ、いそいでかけだしていきました。

闇の中の混乱は、まだつづいています。

「ワッ！　いたい。ぼくだよ、ぼくだよ。」

「二十面相《めんそう》！　どこにかくれている。出てこいッ！」

「アッ、そこにうずくまってるのはだれだッ？」

「ぼくだよ。まちがえるなッ。」

「いたいッ！　こんちくしょう。」

「うぬッ！　二十面相《めんそう》だなッ。さあ、こい！」

闇の中のそんなさわぎが、五分ほどもつづいたでしょうか。すると、やっと入り口のほうから、怪物《かいぶつ》の目玉のような懐中電灯《かいちゅうでんとう》の光が二つ、こちらへ近づいてきました。ひとりの警官《けいかん》が、両手《りょうて》で二つの懐中電灯をふり照《て》らしながら、かけてきたのです。

おくの手

中村警部《なかむらけいぶ》は、懐中電灯の一つを受けとって、立ったり、しゃがんだりしている警官のすがたを、つぎつぎと照らしていきました。

ところが、光の中にあらわれたのは、明智探偵《あけちたんてい》と警官ばかりで、二十面相のあのガウンすがたは、どこにもありません。

「諸君《しょくん》！　みんなもとにもどって、両方《りょうほう》の入り口をかためてくれたまえ。ぼくと明智君《あけちくん》だけで、もういちど、念《ねん》いりにさがしてみる。」

中村警部はそういって、警官たちを、両方の入り口へ立ちさらせ、明智とふたりが、一つずつ懐中電灯を持って、トンネルの中を、ずっと歩いてみました。しかしどこにも、あやしいすがたはないのです。

「消《き》えてしまった。あいつ、また忍術《にんじゅつ》をつかったな。明智君《あけちくん》、いったいこれは、どうしたことだろう。」

中村警部《なかむらけいぶ》が、残念《ざんねん》そうにいいました。

「ともかく、外へ出てみよう。ぼくは、あいつの魔法《まほう》の種《たね》がわかったような気がする。」

明智はそういって、さきに立って、鉄《てつ》のとびらのほうへ歩いていきました。

とびらの外にコンクリートの階段《かいだん》があって、それをのぼると、原っぱの草むらの中に出ました。

穴《あな》の入り口は、人間ひとり、やっとくぐりぬけられるほどのせまいもので、それが草におおわれているのですから、地下道の入り口とは気がつきません。この入り口をつかわないときは、ふたがしてあるとみえて、それらしいひらべったい石が、そばにおいてありました。

その原っぱには、七人の警官《けいかん》が立っていました。さっきトンネルの中へはいってきた五人と、見はり番をしていたふたりです。

もう夕方で、あたりはうす暗《ぐら》くなっていました。

「きみたちのうち、ここに残《のこ》って見はりをしていたのは、だれだね。」

明智《あけち》がたずねますと、ふたりの警官《けいかん》が前に出てきました。

「きみたちは、ずっと、この入り口を見はっていたのだね。」

「はい、そうです。」

「で、さっき、中へはいったのは何人だったね。」

「五人か六人です。アッ、そうです。たしか六人でした。」

「六人だって。しかし、ここには、きみたちのほかに、五人しかいないじゃないか。」

「いえ、もうひとり、さきに出てきた人があります。」

「ああ、それは懐中電灯《かいちゅうでんとう》をさがしにきた警官だろう。」

「いや、ちがいます。あの人は、どっかへいって、懐中電灯をかりだしてきて、また穴《あな》の中へはいっていきました。ついさっき、そこから出ていったのは、べつの巡査《じゅんさ》です。」

「おかしいね。ぼくはさっき、地下道の中で、こちらからはいってきた警官の人数を、ちゃんとかぞえておいた。たしかに五人だった。その五人はここにいる。そのほかに、ひとり出ていったとすると、五人が六人にふえたことになるね。いったい、きみたちは、そのひとりで出ていった警官の顔《かお》を、よく知っているのかね。」

「いいえ、知らない人です。きょうは警視庁《けいしちょう》と＊所轄警察《しょかつけいさつ》のものと、ごっちゃになっていますので、顔を知らない人も、たくさんいるのです。」

＊その地域を受けもつ警察

「ふうん、それで、その巡査《じゅんさ》は、どこへいったのだね。」

「わかりません。その人は、中村警部《なかむらけいぶ》さんの命令《めいれい》で、近くの交番へ電話をかけにいくのだといって、むこうへ走っていきました。」

「そりゃ、へんだぞ。ぼくは電話をかけろと、命令したおぼえはない。」

中村警部が、びっくりしてどなりました。

「で、その巡査は、手になにか持ってなかったかね。」

明智《あけち》がたずねますと、警官《けいかん》はうなずいて、

「持ってました。なんだか、ふろしきづつみのようなものを、わきの下にはさんでいました。」

「わかった。そいつが二十面相《めんそう》だよ。」

明智がしずかにいいました。

「エッ、その警官が二十面相だって？」

中村警部が、びっくりして聞きかえします。

「うん、そうだよ。そのほかに考えようがない。あいつは、こんなときの用意《ようい》に、警官の制服《せいふく》を手に入れて、トンネルの中のどこかへ、かくしておいたのだ。

さっき、ぼくの懐中電灯《かいちゅうでんとう》をたたき落《お》としたのも、あいつにちがいない。まっ暗《くら》になって、みんなが、どうし討《う》ちをやっているすきに、あいつはガウンをぬいで、警官《けいかん》の服《ふく》に着《き》かえたのだ。そしてガウンをまるめて、ふろしきづつみのようにして、こわきにかかえ、なにくわぬ顔《かお》で出ていったのだ。

二十人からの警官がきているのだから、みんな顔見知《かおみし》りとはかぎらない。制服《せいふく》を着て警官の帽子《ぼうし》をかぶっていれば、仲間《なかま》だと思ってしまう。それに、もうこんなにうす暗《ぐら》くなっていて、顔もはっきり見えやしないのだからね。」

明智《あけち》の説明《せつめい》に、中村警部《なかむらけいぶ》は「ううん」とうなってしまいました。警官にばけて逃《に》げだすなんて、なんという悪知恵《わるぢえ》のはたらくやつでしょう。

「だが、それなら、早く手配《てはい》をしなけりゃあ。非常警戒《ひじょうけいかい》をしなけりゃあ。」

中村警部があわてるのを、明智はしずかに、手でおさえるようにして、

「中村君《なかむらくん》、だいじょうぶだよ。安心《あんしん》したまえ。これがあいつのおくの手なら、ぼくのほうには、それより上のおくの手が、ちゃんと用意《ようい》してあるんだ。あいつは、きっとつかまえてみせるよ。」

明智は、さも自信《じしん》ありげに、きっぱりといいきるのでした。

怪《かい》老《ろう》人《じん》

お話はすこし前にもどって、二十面相《めんそう》が警官《けいかん》の制服《せいふく》を着《き》こみ、地下道の入り口に番をしていたふたりの巡査《じゅんさ》を、うまくごまかして、裏《うら》の原っぱを町のほうへいそいでいるときです。その原っぱに、ふしぎなことがおこりました。

原っぱには、人間の腰《こし》までかくれるほど、草がいっぱいはえているのですが、その草むらが、風もないのに、ざわざわと動《うご》きはじめたのです。それも一個所《かしょ》ではありません。あちらでもこちらでも、動いているのです。

草むらに、なにか動物《どうぶつ》がかくれていて、一度《いちど》に動きだしたのでしょうか。大きなヘビが草をわけてはっているような、きみの悪《わる》い動きかたです。

その動物は、警官にばけた二十面相のあとを追《お》って、進《すす》んでいくようにみえます。あちこちの草の動きが、そのほうへそのほうへと、うつりかわっていくのです。

「ねえ、きみ、あのおまわりさん、あやしいよ。キョロキョロあたりを見まわして、逃《に》げていくじゃないか。あとをつけてみよう。」

「うん、あいつ、ひょっとしたら、骸骨男《がいこつおとこ》の二十面相かもしれないぜ。明智先生《あけちせんせい》は、たと

え警官《けいかん》でも、見のがしてはいけないっていわれたからね。」

そんなささやき声が、動《うご》いている草むらの中から聞こえてきました。

すがたは見えないけれども、ひとりは小林少年《こばやししょうねん》、もうひとりは井上一郎君《いのうえいちろうくん》の声でした。

草むらの中をはうようにして進《すす》んでいたのは、けだものではなくて、少年探偵団員《しょうねんたんていだんいん》だったのです。草むらは、ほうぼうで動いているのですから、その人数はふたりや三人ではありません。すくなくとも十人ぐらいの少年たちが、草むらに身《み》をかくして、あやしい人間が出てくるのを待ちかまえていたのです。

もう、夕方で、あたりはうす暗《ぐら》くなっていました。その夕闇《ゆうやみ》の中を、あやしい警官は、草をわけて走っていましたが、原っぱの中の小島《こじま》のように、こんもりとひくい木のしげったところへくると、いきなり、そのしげみの中へとびこんで、すがたをかくしました。

「いよいよ、へんだな。みんなで、あのまわりをとりかこんで、見はっていることにしよう。」

「じゃ、みんなに連絡《れんらく》してくるよ。」

井上君《いのうえくん》が、草の中をはっていって、近くにいる団員《だんいん》にそのことをささやきました。すると、その団員がつぎの団員にささやき、たちまち、小林少年の命令《めいれい》が、みんなにつたわりました。そして少年たちは、草むらに身をかくしたまま、木のしげみをグルッととりかこんで、あやしい警官《けいかん》をとり逃《に》がさないように、見はりをつづけるのでした。

しばらくすると、がさがさと木の枝《えだ》が動《うご》いて、しげみの中から、思いもよらぬひとりの老人《ろうじん》があらわれました。

ねずみ色の背広《せびろ》に、ねずみ色の鳥打《とりう》ち帽《ぼう》をかぶった、しらが頭の老人です。背中《せなか》をまるくして、ステッキにすがって、草むらの中を、とぼとぼとむこうへ歩いていきます。

「へんだぞ。変装《へんそう》したのかもしれない。しらべてみよう。」

小林少年《こばやししょうねん》は井上君《いのうえくん》にそうささやいておいて、そっと木のしげみに近づき、かさなりあった枝《えだ》をわけて、その中へしのびこみました。

よくさがしてみても、そこにはもう、だれもいません。やっぱり、あいつは老人に変装して逃げだしたのです。警官のすがたのままでは、気がついて、追《お》っかけられる心配《しんぱい》があるからでしょう。むろんこういうときの用意《ようい》に、しげみの中へ、老人の服《ふく》をかくしておいたのにちがいありません。

そんなら、警官の服がここに残《のこ》っているはずだと、あたりをさがしてみますと、木のしげみのおくに、それがまるめてつっこんであるのを発見《はっけん》しました。

ふろしきづつみのようにしてこわきにかかえていた、ガウンのまるめたのも、いっしょにおいてありました。

小林君《こばやしくん》は、いそいでしげみをとびだすと、井上君《いのうえくん》にささやきました。

「巡査《じゅんさ》の服《ふく》が残《のこ》してあるよ。だから、あの老人《ろうじん》が二十面相《めんそう》だ。追跡《ついせき》しよう。……もうひとりいるといいなあ。」

「それじゃあ、ノロちゃんをつれていこうか。」

「うん、それがいい。そして、あとの団員《だんいん》たちには、明智先生《あけちせんせい》に、このことをつたえるようにいってくれたまえ。」

井上君は、すぐそばの草むらにかくれていた、ノロちゃんの野呂一平君《のろいっぺいくん》をよび、そこにいたもうひとりの少年に、みんなに明智先生のところへいくように、連絡《れんらく》をたのみました。

そして、小林、井上、野呂の三少年は、やっぱり草の中に身《み》をかがめて、大いそぎで、あやしい老人のあとをつけるのでした。

青い自動車《じどうしゃ》

怪老人《かいろうじん》は、原っぱを出て大通りまでくると、そこを走っていたタクシーをよびとめて、乗《の》りこみました。

ものかげにかくれて、それを見ていた三少年は、相手《あいて》に逃《に》げられてしまってはたいへんですから、いそいで大通りにとびだしましたが、さいわい、すぐうしろから、からのタクシーが走ってきましたので、小林少年《こばやししょうねん》は手をあげて、それをよびとめ、三人いっしょに乗りこみました。

「ぼくはこういうものです。犯人《はんにん》を追跡《ついせき》しているのです。あの青い車を見うしなわないように、つけてください。」

小林君《こばやしくん》はそういって、運転手《うんてんしゅ》に名刺《めいし》をわたしました。

運転手は、へんな顔《かお》をして、その名刺を見ていましたが、びっくりしたように、うしろをむいて小林君の顔をながめました。

「じゃあ、あんたが、明智探偵《あけちたんてい》の有名《ゆうめい》な少年助手《しょうねんじょしゅ》の小林さんかい。わかったよ。あの車、見うしないはしないから安心《あんしん》しな。だが、あいつは大物《おおもの》かい？」

まだ若《わか》い元気な運転手は、目をかがやかせて聞くのでした。

「うん、大物だよ。いまにわかるよ。たのむよ。相手《あいて》に気づかれないようにね。」

二十面相《めんそう》の車は青いボディー、小林君たちのは黒いボディー、その二台の自動車《じどうしゃ》の追《お》っかけっこがはじまりました。

東京《とうきょう》の町で、自動車を尾行《びこう》するのは、けっしてやさしいしごとではありません。たくさんの自動車が、むこうからも、こちらからも、すれすれになって走っているのです。ほかの自動車《じどうしゃ》にあいだへはいられたら、むこうが見えなくなってしまいます。四つ角で赤信号《あかしんごう》が出たら、青になるまでとまっていなければなりません。そのあいだに、相手《あいて》は遠くはなれてしまいます。

しかし、小林君《こばやしくん》たちの乗《の》った車の運転手《うんてんしゅ》は、頭《あたま》のいいすばしっこい青年でした。それに名探偵《めいたんてい》の助手《じょしゅ》と聞いていさみたっているので、じつにうまく運転して、けっして相手を見うしないません。執念《しゅうねん》ぶかく青い車のあとを追いつづけました。

二十分も走ると、小林君はハッとしました。むこうに、見おぼえのあるグランド・サーカスの大テントが見えてきたからです。

二十面相《めんそう》が笠原《かさはら》さんにばけて、その団長《だんちょう》をつとめていたサーカスです。彼《かれ》は、もとの古巣《ふるす》へもどって、いったい、なにをしようというのでしょう。

青い車はサーカスの前でとまり、怪老人《かいろうじん》がおりていくのが見えました。

こちらの車は、相手に気づかれぬよう、ずっと手前《てまえ》にとめて、三少年もおりました。

怪老人は、テントの中へはいっていきました。

いよいよへんです。サーカスには、まだ見物《けんぶつ》がいるのです。楽屋《がくや》にも、たくさんのサーカス団員《だんいん》が出番《でばん》を待っています。二十面相はそのおおぜいの中へはいっていって、どうするつもりなのでしょう。

小林少年《こばやししょうねん》はそれを見ると、ノロちゃんに、なにかささやきました。すると、ノロちゃんは、大いそぎで町のほうへ走っていきました。笠原邸《かさはらてい》にいる明智探偵《あけちたんてい》に、電話でこのことを、知らせるためです。

あとに残《のこ》った小林、井上《いのうえ》の二少年は、怪老人《かいろうじん》のはいっていったテントの裏口《うらぐち》に近づき、そっと中をのぞいてみました。

もうそこには、怪老人のすがたはありません。ひとりのサーカス団員《だんいん》が、きょとんとした顔《かお》で立っていました。

小林君《こばやしくん》は、その団員のそばへ近づいていって、話しかけました。

「ぼくをおぼえてますか。明智探偵の助手《じょしゅ》の小林です。」

すると、若《わか》い団員は、にっこりして、

「おぼえているよ。で、なにか用事《ようじ》があるのかね。」

「いま、背中《せなか》のまがったおじいさんが、はいっていったでしょう。」

「うん、はいっていった。笠原団長《かさはらだんちょう》からの使《つか》いだといってね。」

「あれは、たいへんなやつですよ。」

小林君はそういって、団員の耳に口をよせ、しばらく、なにかささやいていました。

それを聞きおわると、団員はまっ青《さお》になってしまいました。笠原団長が怪人《かいじん》二十面相《めんそう》だったと聞いて、腰《こし》をぬかさんばかりにおどろいたのです。

「で、いまはいっていったじいさんが、その二十面相だというのか。」

「そうです。まちがいありません。いま電話で知らせましたから、じきに警官隊《けいかんたい》がかけつけてきます。それまで、逃《に》がさないようにしておきたいのです。みんなに知らせないで、おもな人だけにそういって、あの老人《ろうじん》のゆくえをさがしてください。どんな恐《おそ》ろしいたくらみがあるかわかりませんからね。」

そこで団員《だんいん》は、楽屋《がくや》へはいっていって、副団長格《ふくだんちょうかく》の空中曲芸師《くうちゅうきょくげいし》にそのことをつたえ、四、五人で、そのへんをしらべてまわりましたが、怪老人《かいろうじん》のすがたは、どこにもありません。楽屋にいたおおぜいのものが、ひとりも老人を見ていないのです。

では、客席《きゃくせき》のほうへまぎれこんだのかと、円形《えんけい》の馬場《ばば》をひとまわりしてみましたが、見《けん》物席《ぶっせき》にもそれらしいすがたは見えません。怪老人はテントの裏口《うらぐち》へはいったかとおもうと、そのまま消《き》えてしまったのです。

大《だい》曲《きょく》芸《げい》

怪老人が消えてから十分《ぷん》もたったころ、見物席に、恐《おそ》ろしいざわめきがおこりました。

見物《けんぶつ》たちは、さきをあらそって、大テントの外へ逃《に》げだそうとしています。その混雑《こんざつ》は、ひととおりではありません。

ころんで、泣《な》きさけぶ子ども、ひめいをあげる若《わか》い女の人、おしつぶされそうになって、入り口をめざす人のむれ、わきかえるようなさわぎです。

そんななかにも、見物席《けんぶつせき》にふみとどまっている勇敢《ゆうかん》な人たちもありました。その人たちの目は、いっせいに、大テントの天井《てんじょう》を見つめています。

高い高い天井の空中曲芸《くうちゅうきょくげい》のブランコ台に、ポックリと異様《いよう》なもののすがたが見えました。あいつです。あのいまわしい骸骨男《がいこつおとこ》です。ぴったりと身《み》についた黒いシャツとズボン、顔《かお》は骸骨そっくりの、あの怪物《かいぶつ》です。二十面相《めんそう》は背中《せなか》のまがった老人《ろうじん》から、とくいの骸骨男にはやがわりをしたのです。骸骨の仮面《かめん》と黒シャツは、いくつも用意《ようい》してあって、サーカスの中の秘密《ひみつ》のかくし場所《ばしょ》にも、ひと組かくしてあったのでしょう。

空中では、骸骨男がブランコに乗《の》って、いきおいよくふりはじめました。だんだん高く、しまいには、テントの天井《てんじょう》につくほどもはげしく、そして、それがいちばん高くあがったとき、パッとブランコをはなれて、空中におどりでました。下には網《あみ》がはってありません。そのまま落《お》ちれば命《いのち》はないのです。

残《のこ》っていた見物たちは、アッと声をたてて、手に汗《あせ》をにぎりました。

しかし、骸骨男《がいこつおとこ》は落《お》ちなかったのです。天井《てんじょう》に横《よこ》たわっている丸太にとびついていました。そして、丸太から丸太へと、まるでサルのように身《み》がるにとびうつっていきます。

とうとう、向《む》こう側《がわ》のブランコ台までたどりつきました。そのブランコ台からは、曲芸《きょくげい》師《し》が下におりるための長い綱《つな》がさがっています。骸骨男は、その綱にとびついたかとおもうと、スウッと地面《じめん》の近くまですべりおりてきました。それから、その長い綱を、ブランコのようにふりはじめたのです。

だんだん、いきおいがついてきました。長い綱のふりこですから、サアッ、サアッと、円形《えんけい》の馬場《ばば》を横ぎって、見物《けんぶつ》の頭の上までとんできます。そして、むこうへふったときには、正面《しょうめん》の楽屋《がくや》の入り口までとどくのです。

サアッ、サアッ、……巨大《きょだい》な時計のふりこです。さきに骸骨のぶらさがったふりこです。じつにみごとな光景《こうけい》でした。こわいけれども、美しい光景でした。

その大ふりこが、むこうの楽屋口《がくやぐち》に近づいたとき、骸骨男は、またしても、パッと手をはなしたではありませんか。

骸骨男の黒いからだは、綱をはなれて、矢のようにとびました。なにかにぶっつかったらおしまいです。

しかし骸骨男はよほど曲芸の名人《めいじん》とみえて、宙《ちゅう》をくるくるとまわりながら、楽屋の入り口の白いカーテンの前に、ひょいと立ちました。そして、パッとカーテンをまくると、そのまま、楽屋の中へ消《き》えてしまったのです。

サーカス団員《だんいん》たちは、みんなまん中の砂場《すなば》に出て、骸骨《がいこつ》の空中曲芸《くうちゅうきょくげい》を見あげ、口々にかわめいていましたが、怪人《かいじん》が、楽屋に消えたのを見ると、「ワアッ」と叫《さけ》んで、そのあとを追《お》いました。

しかし、カーテンのむこうには、もうだれもいません。出没自在《しゅつぼつじざい》の怪人は、またしても、どこかへ消えてしまったのです。

みんなが、そのへんをうろうろしながらさわいでいますと、楽屋のおくから、でっかいものがあらわれました。ゾウです。ゾウが歩いてくるのです。

見ると、ゾウの頭の上に、骸骨男《がいこつおとこ》がまたがっているではありませんか。手には猛獣《もうじゅう》をならす、長いムチを持っています。

あいにく、ゾウ使《つか》いの男が、そのへんにいないので、どうすることもできません。みな、ワアワアとさわぐばかりです。

ピシッ、ムチがなりました。その音にゾウがかけだしたのです。楽屋口《がくやぐち》のカーテンをくぐって、円形《えんけい》の馬場《ばば》へ走りだしたのです。

見物席《けんぶつせき》に、ワアッという声があがります。勇敢《ゆうかん》な見物たちも、これを見ては逃《に》げださずムチをならしています。ゾウは円形《えんけい》の馬場《ばば》を、ぐるぐるまわりはじめました。

骸骨男《がいこつおとこ》はゾウの頭の上に、すっくと立ちあがっていました。そして、ピシッ、ピシッと、

「ワハハハハ……」

恐《おそ》ろしい笑《わら》い声《ごえ》が大テントいっぱいにひびきわたりました。骸骨が、おかしくてたまらないというように、笑っているのです。

「ワハハハハハ……」

ゾウの頭の上に立ったまま、ムチをふりながら、いつまでも笑いつづけているのです。

骸骨男は、とうとう、頭がおかしくなったのでしょうか。それとも、二十面相《めんそう》をつかまえることのできないサーカスの人たちや警官《けいかん》を、あざ笑っているのでしょうか。

小林《こばやし》、井上《いのうえ》、野呂《のろ》の三少年が、楽屋口《がくやぐち》にむらがっているサーカス団員《だんいん》のうしろから、このふしぎな光景《こうけい》をながめていました。骸骨男が、なぜこんな曲芸《きょくげい》をやっているのか、その気持ちがわかりません。

ぐるぐるまわっているゾウが、楽屋口の前をとおりました。そのとき、頭の上に立っている骸骨男の顔《かお》に、おどろきの色があらわれました。骸骨男の目と小林少年《こばやししょうねん》の目とがぶつかったのです。骸骨男は、そのときはじめて、テントの中に小林君《こばやしくん》のいることを知りま

した。

骸骨男《がいこつおとこ》の笑《わら》いがとまりました。そして、恐《おそ》ろしい声がひびいてきました。

「そこにいるのは、明智《あけち》の弟子《でし》の小林《こばやし》だなッ。」

走っていたゾウが立ちどまりました。骸骨男がとめたのです。怪人《かいじん》の目は、じっと小林《こばやし》君《くん》をにらみつけています。

小林君は、サーカス団《だん》の人たちをかきわけて前に出ました。そして、相手《あいて》の目をにらみかえしながら叫《さけ》びました。

「そうだよ、明智先生《あけちせんせい》の弟子だよ。きみが警官《けいかん》にばけて、あの地下道からぬけだしたことは、もうすっかりわかっているんだ。いまに明智先生が、ここへこられるよ。……アッ、サイレンだ。おいきみ、あの音が聞こえるかい、警察自動車《けいさつじどうしゃ》のサイレンだよ。警官隊《けいかんたい》が到《とう》着《ちゃく》したのだ。きみはもう、逃《に》げられないよ。」

ウー、ウー、というサイレンの音が、テントの外へ近づいていました。ピシッ、ムチがなったかとおもうと、やにわにゾウが、テントの入り口へむかってかけだしました。骸骨男は、ゾウの頭の上でおどるように、ちょうしをとっています。まだ残《のこ》っていた見物《けんぶつ》たちのあいだに、「ワアッ」というどよめきがおこりました。

＊ このころパトロールカーはウーウーというサイレン音だった

大グマの秘密《ひみつ》

小林少年《こばやししょうねん》たちとサーカスの団員《だんいん》が、骸骨男《がいこつおとこ》のゾウを追《お》って、テントの外にかけだしました。入り口の外の原っぱには、見物《けんぶつ》の人たちが大きな輪《わ》をつくって、ワアワアとさわいでいます。その見物の輪の中に、さっきのゾウが、きょとんとして立っていました。

そこには、ゾウに乗《の》っていた骸骨男のすがたが見えないのです。

「あっち へ逃《に》げた。あっちへ逃げた。」

見物たちは口々にわめきながら、テントの裏《うら》のほうへかけつけました。裏口からはいって、楽屋《がくや》をさがしましたが、だれもいません。みんな外へ出てしまって、楽屋はからっぽなのです。骸骨男のすがたも、どこにも見えません。

原っぱでは、むこうの大型《おおがた》バスの中でやすんでいたゾウ使《つか》いの男が、さわぎを知ってかけだしてきて、ゾウをテントの中につれもどすのでした。

そこへ警視庁《けいしちょう》の白い自動車《じどうしゃ》が三台、警官《けいかん》をいっぱい乗《の》せてやってきました。明智探偵《あけちたんてい》は中村警部《なかむらけいぶ》といっしょに、まっさきの車に乗りこんでいました。

ふたりは自動車をおりると、見物たちにようすを聞き、警官隊《けいかんたい》に大テントのまわりをグルッととりかこむよう命《めい》じておいて、三人の警官《けいかん》だけをつのって、テントの裏口《うらぐち》にいそぎました。

「アッ、先生……、あいつは、また消《き》えてしまいました。」

テントにはいると、小林少年《こばやししょうねん》がとびだしてきて、明智探偵《あけちたんてい》に、いままでのことを報告《ほうこく》するのでした。

それから、明智探偵と中村警部《なかむらけいぶ》たちも、いっしょになってほうぼうをさがしまわりましたが、骸骨男《がいこつおとこ》はどこにも見えません。

しばらくすると、小林少年が明智探偵のそばによって、ひそひそとささやきました。

「うん、そうか。きみが見つけたんだね。よし、いってみよう。」

明智探偵は、そばにいた中村警部に目くばせをして、みんなで小林君《こばやしくん》のあとからついていきました。小林、井上《いのうえ》、野呂《のろ》の三少年が案内役《あんないやく》です。大テントの中の楽屋《がくや》のとなりに、動物《どうぶつ》のおりのおいてある場所《ばしょ》があります。

おりには小さな車がついていて、サーカスがはじまると、原っぱにおいてあるトラックからおろして、ここへ運《はこ》ぶようになっているのです。

そこにはいると、ムッと動物の臭《にお》いがしました。むこうに大きなおりが三つならんで、その中に一ぴきずつライオンがいました。寝《ね》そべっているのもあれば、のそのそ、おりの中を歩きまわっているのもあります。

その横《よこ》に、トラとヒョウのおりがならんでいます。みんな人になれた動物ですから、おぜいがどかどかとはいってきても、おどろいて吠《ほ》えるようなことはありません。トラもヒョウものんきそうに、のそりのそりとおりの中を歩いています。

こちらのほうに、クマのおりがおいてあって、その中におそろしく大きなヒグマがうずくまっていました。

小林少年《こばやししょうねん》は、そのクマのおりの前に立ちどまって、うしろにいたサーカス団《だん》の人に、

「このおりを、あけてください。」

といいました。

「エッ、これをあけるんですって。そんなことをしたら、たいへんですよ。こいつは、おそろしく気のあらいやつですから。」

サーカスの人は、びっくりして小林君《こばやしくん》の顔《かお》をながめるのでした。

小林君はニコニコしながら、サーカス団員《だんいん》の耳に口をよせて、なにかささやきました。

「エッ、このクマの中に?」

団員は、おったまげた顔で、クマを見つめていましたが、

「アッ、いけねえ。かぎがはずれている。」

と叫《さけ》びながら、おりの戸に近づきました。

そのときです。おりの戸が、中からパッとひらき、大グマが、「ごうッ……」とうなりながら、いきなりみんなの前にとびだしてきたではありませんか。

それを見ると、小林少年《こばやししょうねん》が、せいいっぱいの声で叫《さけ》びました。

「こいつは、ほんとうのクマじゃありません。クマの毛皮《けがわ》の中に、二十面相《めんそう》がかくれているのです。恐《おそ》れることはありません。みなさん、つかまえてくださいッ。」

サーカス団の人々と警官《けいかん》とが、クマにとびかかっていきました。

「うおうッ……」

恐ろしいうなり声をたてて、あと足で立ちあがったクマは、人々にのしかかるようにして、戦《たたか》いをいどんできます。恐《おそ》ろしい組みうちが、はじまりました。

「うおうッ、うおうッ。」

サーカスの団員《だんいん》のひとりがクマの下じきになって、もがいています。三人の警官が、上になっているクマをおしころがそうと、とびかかっていきました。

それから、組んずほぐれつ大格闘《だいかくとう》がつづきました。

「さあ、つかまえたぞ。はやく縄《なわ》を、縄を……」

ひとりの警官はクマの背中《せなか》にしがみつき、ひとりの警官は、クマの前足をはがいじめにし、ふたりのサーカス団員《だんいん》は、クマのあと足に、すがりついています。ひとりの警官《けいかん》は、腰《こし》にさげていた縄《なわ》をとりだそうとしました。しかし、そのひまはなかったのです。

「アッ……」という声が、おこりました。クマにとりついていた人たちが、はずみをくって地面《じめん》にころがりました。その人たちの下には、クマの毛皮《けがわ》だけが、ひらべったくなって残《のこ》っていたのです。

毛皮の腹《はら》には、かくしボタンがついていて、そこから人間が出入りできるようにこしらえてありました。二十面相《めんそう》は、とっくみあいのあいだに、そのボタンをひとつひとつはずしておいて、みんながクマをつかまえたと思って安心《あんしん》しているうちに、パッとそこからとびだしたのです。

それは骸骨男《がいこつおとこ》のすがたでした。恐《おそ》ろしい骸骨が人々をかきわけ、つきとばしながら、弾丸《だんがん》のように走っていくのです。

みんながふいをうたれて、アッとおどろいているまに、骸骨男はその部屋《へや》の入り口にさがってるカーテンのむこうへ、すがたを消《け》してしまいました。

そのとき、「ひひひ……ん」という馬のいななき声が聞こえてきました。

「アッ、あいつ、馬に乗《の》って逃《に》げるつもりだッ。」

中村警部《なかむらけいぶ》が叫《さけ》びました。

「よしッ、追《お》っかけるんだ。ぼくは馬に乗《の》る。きみたちは自動車《じどうしゃ》で追っかけたまえ。」

明智《あけち》もそういって、かけだしました。明智探偵《あけちたんてい》は、どんなスポーツでもできるのでした。乗馬《じょうば》もお手のものです。

明智はサーカスの楽屋《がくや》にとびこんで、そこにあった長い細引《ほそび》きのたばをつかみとると、テントの中のうまやにかけつけ、いちばん強そうな馬をえらんで、それをひきだして、くらの上にとびのりました。

そのとき、二十面相《めんそう》の骸骨男《がいこつおとこ》は馬に乗って、もうテントの外に出ていました。原っぱに残《のこ》っていた見物《けんぶつ》たちの「ワアッ、ワアッ……」という声が、聞こえてきます。

名探偵《めいたんてい》と怪人《かいじん》二十面相《めんそう》との、ふしぎな競馬《けいば》競走《きょうそう》がはじまったのです。明智探偵は、うまく二十面相に追《お》いつくことができるでしょうか。

二十面相《めんそう》の最後《さいご》

栗毛《くりげ》の馬にまたがった骸骨男は、しきりにムチをならしながら、原っぱをかけています。

もう夜ですが、大テントのまわりにたくさんの電灯《でんとう》がついているので、原っぱは昼のように明るいのです。おおぜいの見物たちは、馬にまたがった骸骨男を見おくって、「ワアッ……

ワアッ……」とさわいでいます。

骸骨男《がいこつおとこ》のすがたが、むこうの大通りをまがって見えなくなったころ、同じ栗毛《くりげ》の馬に乗《の》った明智探偵《あけちたんてい》が原っぱへとびだしてきました。

「あっちだよう、あっちだよう。」

見物《けんぶつ》の中から、骸骨男の逃《に》げた方向《ほうこう》を知らせる声が、わきおこりました。

明智はたくみに馬のむきをかえて、そのほうへかけていきます。まるで競馬《けいば》を見ているようです。見物の中から「名探偵《めいたんてい》しっかりやれえ……」という叫《さけ》び声《ごえ》がおこり、それにつづいて、「ワアッ……」というときの声があがりました。

警視庁《けいしちょう》の三台の自動車《じどうしゃ》のうち、一台を残《のこ》して、二台が原っぱを出発《しゅっぱつ》したのは、それよりすこしあとでした。こちらはパトロールにつかう自動車ですから、馬より速《はや》く走れます。しかし追《お》いついても、馬をとめることはむずかしいので、べつの道から先まわりをして、自動車を道のまん中へ横《よこ》にして、馬をとめてしまうつもりです。

まっ先の自動車には、中村警部《なかむらけいぶ》と三人の警官《けいかん》、その膝《ひざ》の上に、小林《こばやし》、井上《いのうえ》、野呂《のろ》の三少年が乗せてもらっていました。

大通りに出ると、ずっとむこうに馬をとばす明智のすがたが見えました。骸骨男《がいこつおとこ》の馬は、それよりもっと先を走っているらしいのですが、夜のことですからはっきり見えません。

警察自動車《けいさつじどうしゃ》には、小型《こがた》のサーチライトがつみこんでありました。ひとりの警官《けいかん》が、それをとりだして、自動車《じどうしゃ》を走らせたまま、屋根《やね》の前にとりつけたスイッチをおしますと、パアッと光の棒《ぼう》がのびて、百メートルも先を白く照《て》らしだしました。

「アッ、ずっとむこうを骸骨男《がいこつおとこ》の馬が走っている。……アッ、角をまがったぞ。よし、うしろの車に、近道をしてあいつの前に出るように通信《つうしん》したまえ。」

中村警部《なかむらけいぶ》のさしずで、運転席《うんてんせき》に乗《の》っていた警官が、無線電話《むせんでんわ》の送話器《そうわき》をとり、

「百三十六号《ごう》、百三十六号、こちらは中村警部。百三十六号車は、近道をして二十面相《めんそう》の馬の前に出てください。こちらはそのまま、追跡《ついせき》をつづけます。」

と叫《さけ》びました。すると、すぐ前にある拡声器《かくせいき》から、

「百三十六号、了解《りょうかい》。」

という返事《へんじ》がきました。この無線電話は警視庁《けいしちょう》の本部《ほんぶ》に通じるのですが、それがそのまま、ほかの車にも聞こえるので、すぐ返事ができるわけです。

中村警部たちの自動車は、サーチライトを照《て》らし、ウーウーとけたたましくサイレンをならしながら、明智探偵《あけちたんてい》の馬のあとを、どこまでも追《お》っていきました。

まだよいのうちですから、この馬と自動車の追っかけっこを見て、町は大にぎわいになりました。まっさきに走っていくのは骸骨です。骸骨が馬に乗っているのです。

町の人たちは、こんなふしぎなものを見るのは、はじめてですから、みんな家の中からとびだしてきて、あれよ、あれよ、と見おくっています。人道《じんどう》を通っている人たちも、みんな立ちどまってしまい、自動車《じどうしゃ》までとまるさわぎです。白い警察自動車《けいさつじどうしゃ》がサイレンをならしてやってきたら、ふつうの自動車は道をあける規則《きそく》ですから、こちらの車は、なんのじゃまものもなく、思うぞんぶん走れます。

骸骨男《がいこつおとこ》は、馬のしりに、ピシッ、ピシッと、ムチをあてて、あちこちと町角をまがり、だんだん、さびしいほうへ逃《に》げていきます。

ほとんど人通りのない広い通りに出ました。両側《りょうがわ》には大きな屋敷《やしき》がならび、しいんと、しずまりかえっています。しかし、二十メートルおきぐらいに明るい街灯《がいとう》が立っているので、明智探偵《あけちたんてい》は、骸骨男を見うしなう心配《しんぱい》はありません。もう、ふたりのあいだは、五十メートルほどにせまっていました。

骸骨男の馬は、すこしつかれてきたようです。めちゃくちゃな乗《の》りかたをして、むやみにムチでひっぱたくものですから、馬がよけいにつかれるのです。

明智はなるべく身《み》を軽《かる》くして、馬が走りやすいようにしていました。ムチもつかいません。ですから、こちらの馬は、まだつかれていないのです。元気いっぱいに走っています。

骸骨男とのあいだが、だんだんちぢまっていきました。四十メートル、三十メートル、二十メートル、ああ、もう十メートルほどになりました。手に汗《あせ》にぎる競馬《けいば》です。うしろの馬が、ぐんぐん前の馬にせまっているのです。

そのとき明智《あけち》は、たづなをはなして、腰《こし》のかげんで馬を走らせながら、両手《りょうて》で細引《ほそび》きのたばをほぐし、結《むす》び玉《だま》をつくって、大きな輪《わ》にしました。そして、それを右手に持って、クルッと頭の上でまわしはじめたのです。

アッ、投《な》げ縄《なわ》です。明智は投げ縄の術《じゅつ》を知っていたのです。その縄を前の骸骨男《がいこつおとこ》の首にひっかけて、馬から引きずりおろそうとしているのです。

小林少年《こばやししょうねん》は、うしろの自動車《じどうしゃ》から、それを見ていました。

「おい、あれをごらん！　明智先生《あけちせんせい》はカウボーイみたいに、投げ縄ができる人だよ。」

となりの井上君《いのうえくん》をひじでつついて、ほこらしげにいうのでした。

「うん、さすがに明智君《あけちくん》だな。こんなかくし芸《げい》があるとは知らなかった。」

中村警部《なかむらけいぶ》も感心《かんしん》したように、つぶやきました。

前の二頭《とう》の馬は、もう目の先にいます。強いサーチライトの光が、それを照《て》らしているのですから、どんなこまかいことも、ありありと見えるのです。

二頭の馬は、矢のようにとんでいます。骸骨男《がいこつおとこ》がひょいとうしろをふりむきました。明智の馬のひづめの音が聞こえたからでしょう。彼《かれ》は明智の頭の上で、ぐるぐるとまわっている細引《ほそび》きに気がついたようです。

そのときです。明智《あけち》の右手がパッとのびました。そして、まわっていた細引きが、輪《わ》をつくったまま、サアーッと宙《ちゅう》をとんだのです。

うしろの自動車《じどうしゃ》では、小林君《こばやしくん》たちが思わず、アッと声をたてました。

サーチライトの光の中に、骸骨男《がいこつおとこ》がまっさかさまに馬から落《お》ちるのが見えます。投げ縄は、みごとに命中《めいちゅう》したのです。

骸骨男の馬は、そのまま走りさってしまいました。明智の馬が、地面《じめん》にころがった骸骨男よりも前に進《すす》みました。骸骨男は首にかかった細引きで、ずるずると、地面を引きずられています。

骸骨男の左手が、首の細引きにかかっていました。そうしなければ、首がしまって死《し》んでしまうからです。そして、右手でなにかやっています。黒いシャツのポケットから、なにかとりだしました。よく見えません。しかし、ピカッとひかったようです。

アッ、ナイフです。ナイフを細引きにあてました。サッと右手が動《うご》きました。すると、プッツリと、細引きが切れてしまったのです。

骸骨男は、むくむくとおきあがりました。そして、やにわにかけだしたではありませんか。

自動車の中の小林少年《こばやししょうねん》たちは、またしても、アッと声をたてて、手に汗《あせ》をにぎりました。

そこは、ちょうど十字路《じゅうじろ》でした。骸骨男《がいこつおとこ》は、それを右にまがってかけだしたのです。明智《あけち》は、まだ気づかないで、まっすぐに走っていきます。

「車をとめろ！　そして、あいつを追《お》っかけるんだッ！」

中村警部《なかむらけいぶ》がどなりました。キーッとブレーキの音をたてて車がとまりました。パッとドアをひらいて、警官《けいかん》たちがかけだしました。小林君《こばやしくん》たちも、そのあとにつづきます。

自動車《じどうしゃ》には運転係《うんてんがか》りの警官が残《のこ》って、みんなのあとを追いながら、サーチライトを照《て》らしてくれました。

骸骨男は黒い風のように走っていきます。その速《はや》いこと。警官たちはとてもかないません。

そのとき、町のむこうのほうから、パッとギラギラひかった二つの目玉があらわれました。自動車のヘッドライトです。それは、先まわりをした警察自動車《けいさつじどうしゃ》でした。ヘッドライトの中に、骸骨男のすがたがはいったので、すぐ車をとめて、中からどやどやと警官がおりてきました。

骸骨男は、はさみうちになったのです。もうどうすることもできません。とうとう、覚悟《かくご》をきめて立ちどまりました。

そこへ、前とうしろから警官たちがとびかかっていって、おりかさなるようにして、怪物《かいぶつ》をとらえ、手錠《てじょう》をはめたうえ、ぐるぐる巻《ま》きにしばりあげてしまいました。手錠だけでは、あぶないと思ったのです。

明智探偵《あけちたんてい》も、その場にもどって馬からおり、中村警部《なかむらけいぶ》と顔《かお》を見あわせて、この大捕り物《おおともの》の成功《せいこう》をよろこびあっていました。

「明智君《あけちくん》！」

しばりあげられた二十面相《めんそう》の骸骨男《がいこつおとこ》が、苦《くる》しそうな声でよびかけました。

「ぼくの負《ま》けだよ。もうこれ以上《いじょう》おくの手はないから、安心《あんしん》したまえ。しんみょうに、さばきをうけるよ。しかし、きみが投《な》げ縄《なわ》の名人《めいじん》とは、知らなかったね。見たまえ、首にこんな傷《きず》ができたよ。」

いかにも、二十面相の首には、細引《ほそび》きですれたまっ赤《か》なあとがついていました。

こうして、さすがの怪人《かいじん》二十面相《めんそう》も、ついにとらわれの身《み》となったのでした。

小林《こばやし》、井上《いのうえ》、野呂《のろ》の三少年は、このありさまを見て、うれしくてたまりません。ちゃめのノロちゃんは、もうだまっていられなくなりました。

「明智先生《あけちせんせい》、ばんざあい！　明智大探偵《あけちだいたんてい》、ばんざあい！」

おどりあがるようにして叫《さけ》びました。

それを聞くと、いかめしい警官《けいかん》たちも、思わず顔《かお》をほころばせ、その笑《わら》い声《ごえ》が、しずかな町にひびきわたるのでした。

解説

人間消失《しょうしつ》の不思議《ふしぎ》

戸川安宣《とがわやすのぶ》（編集者）

物語は、井上一郎君《いのうえいちろうくん》とノロちゃんこと野呂一平君《のろいっぺいくん》が、ふしぎな骸骨紳士《がいこつしんし》に出会うシーンから始まります。

井上君とノロちゃんは、読売新聞《よみうりしんぶん》の昭和三十年九月十二日から十二月二十九日にわたって連載《れんさい》された「黄金《おうごん》の虎《とら》」（このシリーズでは『二十面相《めんそう》の呪《のろ》い』に収録《しゅうろく》されています）という物語で初登場して以来、ほとんどの作品にコンビで、あるいは井上君一人で顔を出し、少年ものの全作品に登場する小林少年《こばやししょうねん》をのぞくと、チンピラ別働隊《べつどうたい》のポケット小僧《こぞう》や少女《しょうじょ》探偵《たんてい》の花崎《はなざき》マユミさん同様、数多くの作品で活躍《かつやく》する大事なキャラクターです。

井上君はお父さんがもと拳闘《けんとう》（ボクシング）選手《せんしゅ》というだけあって、「いちばんからだが大きく、力も強い」少年、それにたいしノロちゃんのほうは「団員のうちでいちばん、おくびょうものですが、ちゃめで、あいきょうもの」です。「その大きくて強い井上君と、小さくて弱いノロちゃんが、こんなに仲《なか》がよいのはふしぎなほど」というコンビの妙《みょう》が当時の読者から拍手《はくしゅ》かっさいをあびたのでしょうし、乱歩《らんぽ》先生《せんせい》もご自分の生み出したかわいい登場人物を気に入っていたにちがいありません。

その井上君《いのうえくん》とノロちゃんの名コンビが町で見かけたあやしい骸骨紳士《がいこつしんし》を追っていくと、サーカス小屋にたどりつきます。謎《なぞ》の男はそのテントのなかにはいっていって、姿《すがた》を消してしまいます。さあそれから骸骨男《がいこつおとこ》は何度姿を消したり、また現れたりするでしょうか。

この物語の特色は、いままでみなさんが読んでこられたこのシリーズのほかの作品とちがって、悪党がなにも物を盗《ぬす》まないことでしょう。舞台《ぶたい》となるグランド・サーカスには怪《かい》人《じん》がねらうような宝物《ほうもつ》はなく、といって『鉄塔王国《てっとうおうこく》の恐怖《きょうふ》』のときのように、現金を要求《ようきゅう》するでもなく、子どもをかどわかすというわけでもありません。物語の中盤《ちゅうばん》まで、サーカスの怪人《かいじん》はひたすら姿を消したり現れたりをくりかえすばかりです。

この「少年探偵《しょうねんたんてい》」シリーズのようなお話は、古くは探偵小説《たんていしょうせつ》、戦後には推理小説《すいりしょうせつ》と呼《よ》ばれています。最近ではミステリーともいいますが、物語のはじめのところで、どうしてもわからない謎《なぞ》が提出《ていしゅつ》され、読者は小説のなかの探偵といっしょになってその謎を解《と》こうとするのです。これが推理小説を読むいちばんの楽しみでしょう。

その謎にはいくつもの種類がありますが、大きく分けると「だれが」「どういうふうに」「なぜ」やったのかの三種類ということになります。そのなかのいちばんめ、犯人《はんにん》はだれか、という謎《なぞ》は、ほとんどの推理小説《すいりしょうせつ》で中心的なテーマとなっていますね。
それにたいし、どのようにやったのか、どうしてやったか、という犯行《はんこう》の方法や動機《どうき》を問題にした推理小説があります。この『サーカスの怪人《かいじん》』は、まさにこのふたつがテーマになった小説です。

犯人《はんにん》は謎の骸骨男《がいこつおとこ》、とはじめからわかっています（もっとも、その骸骨男の正体はだれか、というい ちばんめの謎も、おしまいにはちゃんと用意されています）。しかしその怪人《かいじん》がどのように姿《すがた》を消すのか、そのトリックがわかりません。そして、なぜグランド・サーカスをめのかたきにして人々をこわがらせるのでしょう。その理由も不明です。

このように、ある人物が人々の見まもるなかで、あるいは出口のない部屋のなかから消えてしまうようなお話を、人間消失《しょうしつ》テーマの推理小説といい、この手品のような不思議《ふしぎ》を題材《だいざい》にした推理小説は、むかしからたくさん書かれてきました。

推理小説の祖《そ》といわれるアメリカのエドガー・アラン・ポーという作家に、『モルグ街《がい》の殺人』という作品があります。女のひとの悲鳴《ひめい》が聞こえたので鍵《かぎ》のかかった部屋のドアを破《やぶ》ってはいってみると、そこに住む母娘《おやこ》が殺されているのに、犯人の姿が見えません。こういうのを「密室殺人《みっしつさつじん》」といって、それ以降《いこう》、ミステリーファンの多くがよろこぶテーマとなりました。そして、その『モルグ街の殺人』も、見方をかえると密室のなかから犯《はん》人《にん》が「消失《しょうしつ》」する物語なのです。
舞台《ぶたい》のうえの箱のなかにはいった美女が消えてしまう、という大がかりな手品をごらんになったことがあると思います。美女は、とんでもない場所からまた姿《すがた》を現すのですが、それを見ているときのはらはらどきどきする感じが、この人間消失テーマの推理小説《すいりしょうせつ》を読むときの楽しみ、といえましょう。

この『サーカスの怪人《かいじん》』では、謎《なぞ》の骸骨紳士《がいこつしんし》がなんどもなんども姿を消し、そしてまた現れます。あるいは、厳重《げんじゅう》な警戒《けいかい》のなか、だれも近よれないはずの部屋のなかにとつぜん姿を現し、そしてまたどこことも知れず姿を消してしまうのです。

そして、ここが大事なのですが、その消失にはさまざまなトリックが用《もち》いられています。

サーカスの一コマ（昭和30年代）
毎日新聞社提供

ひとつひとつは、めあたらしいものでなくとも、これでもかこれでもかと人間消失がくりかえされる迫力《はくりょく》はたいへんなものです。推理小説にはこういうトリックのくみあわせやつみかさねで、新味《しんみ》を出すという方法があるのです。そして、そのトリックが、たんに姿を消すためだけではなく、別の目的を隠《かく》すためにも使われている点を、どうか見逃《みのが》さないでください。

さて、ここで物語の真相《しんそう》にふれるお話をしたいと思います。推理小説《すいりしょうせつ》のお話をするときには、トリックや結末《けつまつ》を明かしてはいけない、というきまりがあります。これから先は物語を読んでから目を通してください。

『サーカスの怪人《かいじん》』は、「少年クラブ」という雑誌《ざっし》の昭和三十二年一月号から十二月号まで連載《れんさい》されたものですが、同じ年に「少年」に連載された『妖人《ようじん》ゴング』(ポプラ社版で『魔《ま》人《じん》ゴング』と改題)という作品同様、ある個人《こじん》にたいする復讐《ふくしゅう》の物語になっているところが、これまでの二十面相《めんそう》ものと大きく傾向《けいこう》の異《こと》なるところです。

ことにこの『サーカスの怪人』における二十面相のうらみは、中途半端《ちゅうとはんぱ》なものではありません。血を見るのが嫌《きら》い、なはずの二十面相が、にくいかたきのかわいい子どもの命をうばってしまうような、きわどい計画を立てたりするのですから。

そして読者にとっていちばんのおどろきは、この作品の後半で二十面相の正体が明らかにされることでしょう。

これまで、ほんとうはどういう顔をしているのかさえはっきりしない二十面相に、遠藤《えんどう》平吉《へいきち》という本名があり、しかもサーカスの曲芸師《きょくげいし》だった、という前歴《ぜんれき》があったのですから、びっくりせずにはいられません。

もっとも、注意して読むと、これまでの作品にもサーカスそのものが出てきたり、サーカスの見せもの的な趣向《しゅこう》が見られたり、曲芸師《きょくげいし》でもなければできないような軽業《かるわざ》を二十面相《めんそう》がひろうする場面があちこちにありました。ですから、二十面相がサーカスの団員だったと聞いて、ああなるほど、と思われた読者もいらっしゃることでしょう。

ところで、明智探偵《あけちたんてい》が二十面相の正体をあばくシーンに、十五年まえと三年まえという、ふたつの年が出てきます。十五年まえにグランド・サーカスの団員だった遠藤平吉《えんどうへいきち》は、団長の座を笠原氏《かさはらし》にとられたことをうらんで、サーカス団を飛びだしていきます。そして、三年まえには、わるいことをした遠藤にたいし、笠原氏が証人《しょうにん》となってこいつがやったにちがいないと申したてたことがあった、というのです。さらに明智探偵も、「きみの本名が遠藤平吉ということは、ぼくも三年前に聞いた」といっています。

この作品が発表されたのは、さっきもいいましたように昭和三十二年ですから、その十五年まえというと、昭和十六、七年ということになります。『怪人二十面相《かいじんにじゅうめんそう》』から『大金塊《だいきんかい》』までの作品が発表され、戦争のためにシリーズが中断していたころのことです。また、三年まえというと、『鉄塔王国の恐怖《てっとうおうこくのきょうふ》』が発表されたころ、ということになります。

さあ、それがどういう意味をもつのか、ひとつみなさんで考えてみてください。

編集方針について

現代の読者に親しんでいただけるよう、次のような方針で編集いたしました。

一　第二次世界大戦前の作品については、旧仮名づかいを現代仮名づかいに改めました。

二　漢字の中で、少年少女の読者にむずかしいと思われるものは、ひらがなに改めました。

三　少年少女の読者には理解しにくい事柄や単語については、各ページの欄外に注（説明文）をつけました。

四　原作を重んじて編集しましたが、身体障害や職業にかかわる不適切な表現については、一部表現を変えたり、けずったりしたところがあります。

五　『少年探偵・江戸川乱歩全集』（ポプラ社刊）をもとに、作品が掲載された雑誌の文章とも照らし合わせて、できるだけ発表当時の作品が理解できるように心がけました。

以上の事柄は、著作権継承者である平井隆太郎氏のご了承を得ました。

ポプラ社編集部

本書は1999年１月ポプラ社から刊行
された作品を文庫版にしたものです。

文庫版 少年探偵・江戸川乱歩　第15巻

サーカスの怪人《かいじん》
発行　2005年２月　第１刷
2021年10月　第９刷
作家　江戸川乱歩《えどがわらんぽ》
装丁・画家　藤田新策《ふじたしんさく》
発行者　千葉 均
発行所　株式会社ポプラ社
東京都千代田区麹町4-2-6　8・9F　〒102-8519
ホームページ　www.poplar.co.jp
印刷・製本　図書印刷株式会社

落丁、乱丁本はお取り替えいたします。
電話（0120-666-553）または、ホームページ（www.poplar.co.jp）
のお問い合わせ一覧よりご連絡ください。
※電話の受付時間は、月～金曜日10時～17時です（祝日・休日は除く）。
読者の皆様からのお便りをお待ちしております。
いただいたお便りは著者にお渡しいたします。

*N.D.C.*913　174p　18cm　ISBN978-4-591-08426-7

P8005015

文庫版　少年探偵・江戸川乱歩　全26巻

怪人二十面相と名探偵明智小五郎、少年探偵団との息づまる推理対決！

1 怪人二十面相
2 少年探偵団
3 妖怪博士
4 大金塊
5 青銅の魔人
6 地底の魔術王
7 透明怪人
8 怪奇四十面相
9 宇宙怪人
10 鉄塔王国の恐怖
11 灰色の巨人
12 海底の魔術師
13 黄金豹
14 魔法博士
15 サーカスの怪人
16 魔人ゴング
17 魔法人形
18 奇面城の秘密
19 夜光人間
20 搭上の奇術師
21 鉄人Q
22 仮面の恐怖王
23 電人M
24 二十面相の呪い
25 空飛ぶ二十面相
26 黄金の怪獣